ダブルファザーズ

白川ちさと Chisato Shirakawa

ALPHAPOLIS
WEB CITY SINCE 2000
アルファポリス文庫

JN095793

https://www.alphapolis.co.jp/

「どうして、うちにはお母さんがいないの？」

これを尋ねたのは、わたしが五歳のときだった。

子供ながらに聞いてはいけないことだと思っていたのだろう。幼稚園に入った頃から疑問に思いつつも、心の中に秘めていた。

「沙織《さおり》のお母さんは、沙織を産んだときに空のお星さまになってしまったんだ。お母さんは沙織が生まれてくるのを楽しみにしていたよ。今でも空の上で沙織のことを大切に思っているんだ」

優しく頭を撫でられて、こくりと頷く。

そして、こう続ける。

「じゃあ、どうしてうちにはお父さんが二人もいるの？」

目の前に並んでいる二人のお父さんたちを見上げた。

なぜだか、うちにはお父さんが二人いる。

娘一人と父二人。家族三人で生活していた。

幼稚園の行事にも、ほとんど揃って二人で来る。

この日の二日前も、幼稚園の運動会にお父さんが二人やってきて、わたしが走ったり踊ったりするのを大声で応援していた。

だけど、次の登園日。同じれんげ組の男の子に言われたのだ。

どっちがお前のお父さんなの、と。

きっと、どちらかは親戚のおじさんかなにかだと思ったのだろう。

どっちもお父さんだと答えたら、お父さんは一人のはずだと言われ、終《しま》いには嘘つき呼ばわりされた。

すっかり頭に血が上ったわたしは、男の子に掴みかかる。

結局、先生に止められるまで、男の子と髪の引っ張り合いのケンカをしたのだった。

「えーとね、沙織ちゃん。お父さんたちはどちらもお父さんよ」

女の人のような口調のお父さんが言う。

「そうだ。お母さんが空に行ったとき、沙織はお父さんたち二人の娘になったんだ」

もう一人のお父さんは腕を組んで言う。

「どうしてうちにはお父さんが二人いるのか。その答えは二人とも沙織のお母さんのことが大好きだったからだ」

「そう。だからどっちが本物とか、どっちが偽物とかはないのよ」

別にそこまで聞いていないけれど、お父さんたちが言うのだからそうなのだろう。

幼いわたしは納得する。

このときは知らなかった。

――どうしての本当の答えが、十年後に明かされることを。

1

ジリリリッと枕元の目覚まし時計が、けたたましく午前六時を知らせる。

「ううーん、あと五分」

手でまさぐり、てっぺんのボタンを押して黙らせた。裏のスイッチを切らないと五分後にもう一度鳴るように設定している。だから安心。

フカフカのお布団が、もう一度わたしを夢の中へと誘《いざな》う。

やっぱり二度寝は最高――

だけど、ぬくぬくした幸せは、ほんの一瞬のことだった。

「起きなさーい！」

そう聞こえるや否や、一気に布団を引きはがされた。暖かい空気があっという間に去っていく。

わたしは寝ぼけまなこで、布団を奪った犯人を見上げた。

「酷いよ、あっちゃんパパ。お休みなんだから、まだ寝っててもいいでしょ」

あっちゃんパパは少し長めの茶色い髪をかき上げ、呆れたような口調で言う。

「なにを言っているの？　春休みは昨日で終わりました。今日から新学期。沙織ちゃんはもう中学三年生です」

わたしは目をこすりながら上半身を起こす。

「うーん、三年生……」

言葉にした途端に脳が覚醒した。

「そうだ！　クラス替え！」

クラス替えが今年一年の命運を握っているといっても過言ではない。できれば親友の陽菜《ひな》と同じクラスであって欲しい。

すっかり目が覚めたわたしはベッドから飛び出した。

「ハイハイ。急ぐんだろうと思って、もうご飯は用意してあるわよ」

あっちゃんパパは可愛い熊がプリントされているエプロンをつけていた。朝ご飯を準備していた証拠だ。

「ありがとう、あっちゃんパパ！」

部屋から出て階段を下り、顔を洗いに行く。

ちょうど洗面所からもう一人の家族が出てきた。

「おはよう、裕二《ゆうじ》お父さん」

「おはよう、沙織」

裕二お父さんは、わたしのもう一人のお父さん。まだ青いストライプのパジャマを着ていた。眼鏡の奥の瞳はどこか眠たげだ。

洗面所の鏡の前に行き、小鼻にそばかすが散っている自分の顔を見つめる。

「中学三年生っていうことは、もうすぐ十五歳かぁ」

わたしの誕生日は約二か月後、六月十五日だ。

十五歳になるということは、義務教育ももうすぐ終わり。大人に一歩足を踏み入れるということだと、中二のときの先生は最後のホームルームで言っていた。

でも、中三になった今も実感は湧かないのだから、二か月経ったぐらいじゃ変わらないだろう。

そう思って、バシャバシャと顔に水を浴びせ始めた。

部屋でセーラー服に着替えたあとダイニングに行くと、そこには香ばしい匂いが漂っていた。テーブルではスーツに着替えた裕二お父さんが新聞を読んでいる。

裕二お父さんはわたしに気づくと新聞を畳んだ。

「今日は始業式か」

「うん。だから早く行かないと。すぐにグループができちゃうから」

わたしは裕二お父さんの隣の椅子に座る。目の前に、ホカホカと温かい焼き立ての食パンが出された。

あっちゃんパパは最近買ったホームベーカリーにはまっている。そのせいで、このところ朝はご飯ではなく、パンの確率が高かった。

「仲良しグループって三年生になっても気にしないといけないのね。沙織ちゃんも大変ね」

あっちゃんパパは手を頬に当てた。見た目は完全に男の人なのだけれど、どことなく仕草が女の人っぽい。

「大変って言うほどでもないよ。陽菜と一緒のクラスになるのが一番いいけど、部活の友達もいるから誰かと一緒になる可能性は高いし。いただきます」

ご覧の通り、わたしには二人のお父さんがいる。

あっちゃんパパこと早坂暁也《はやさかあきや》と、裕二お父さんこと秋月《あきづき》裕二。

わたし、秋月沙織は苗字からも分かるように、裕二お父さんの娘ということに一応なっている。

そう、一応。

お母さんは美織《みおり》という名前の人だ。リビングにある小さな仏壇に、写真が飾られている。美織お母さんは妊娠しているときに交通事故に遭い、わたしを産むと同時に亡くなってしまった。

——わたしが誰の子供か言わずに。

だからわたしは二人のお父さんのうち、どちらの子供か分からない。

分からなかったけれど、美織お母さんが大好きだった二人は、赤ん坊のわたしを引き取りたがった。二人とも絶対に譲らなかったらしい。

だから、わたしは二人の父親に育てられることになる。美織お母さんも小さいときに両親を交通事故で亡くしていて、親しい身内がいなかったから、誰も文句を言わなかったそうだ。

そうして、わたしは二人の父親の子供として育てられた。

ほかほかの食パンを手でちぎりながら、二人の顔をチラリと見た。二人のお父さんはどちらかというと、整った顔立ちをしている。

あっちゃんパパは少し吊り上がった切れ長な目。

わたしの目は大きくも小さくもない中途半端な目だ。しかも、奥二重。

裕二お父さんはスラリと高い鼻をしている。

わたしの鼻はちょこんと低い上に、二人には全くないそばかすが小鼻の周りにうっすら散っている。

二人と似ているところなんて、全然ない。

かといって、美織お母さんと似ているところもあまりなく、強いていえば、肩より少し長くなった直毛の髪ぐらいだ。あ、でも薄い唇の形は似ているかも。

「どうしたの沙織ちゃん、ぼーっとして。パパのご飯、美味しくない？」

「ううん！　今日も美味しいよ！　ね！　裕二お父さん」

わたしは慌てて裕二お父さんに同意を求める。

「そうだな。暁也には、これぐらいしか取り柄がないからな」

「なんですって？　もう一度言ってごらんなさい」

裕二お父さんの軽口に一気に場が険悪になる。

「もう！　裕二お父さん、素直じゃないんだから！　ご飯、冷めちゃうよ！」

お互いそっぽを向く二人。わたしは焼き立てのパンを口に放り込んだ。程よく甘く、香ばしくて、とても美味しい。

二人ともいい年した大人なのだから仲良くしたらいいのに。毎朝ケンカの間に立たされる身にもなって欲しい。

年がら年中こんな調子なので、娘のわたしは困っていた。


学校へは自転車で行く。

わたしが住む町は坂が多い。行きは下り坂だから、ブレーキを掛けながら下っていく。タイヤとアスファルトが擦れる音が心地よい。

スピードに乗って十分で学校に着いた。ゆっくりペダルを漕《こ》いで、登校する生徒たちの間を縫っていく。

駐輪場に自転車を停めていると、後ろから声をかけられた。

「おはよう、沙織」

「あ！　おはよう、陽菜」

陽菜はショートカットの似合う、八重歯が特徴的な女の子だ。身長はわたしより頭一つ分低い。陽菜が小柄というより、わたしが平均よりも高いせいだ。

陽菜も押していた自転車を停めて、二人で並んで靴箱へと向かう。

「聞いて、沙織！　ビッグニュース掴んだよ！」

「えー。またガセネタじゃないの」

陽菜は新聞部に入っている。

口コミに、ネット、ＳＮＳ。いろんな情報網を持っているから、学校内の情報を一早く入手して、こっそり教えてくれる。

「違う違う。確かな情報。あのね、三年生に転入生が来るんだって！　しかも」

「しかも？」

陽菜はもったいぶるように少しの間沈黙して間をためる。

「美少年」

「ほほう。美少年ですか」

わたしはノリノリで返してみた。ニヒヒと二人で笑い合う。

「なんでも春休みに、部活に来ていた人が見たんだって。色白ですごく綺麗な男子。先生に案内されて校長室に入っていってさ。こっそり聞き耳立ててたら三年に転入してくるって」

「へー、でも美少年なんて、生まれてこの方見たことないな」

わたしがそう言うと、陽菜は首を傾げる。

「沙織のお父さんたち、美形じゃん」

「美形というか、確かに整っているとは思うけど。美少年っていったら儚《はかな》げなイメージあるよね」

お父さんたちは結構ガタイがいい。でもそれは大人だからだ。

昔は美少年と言われるぐらい、線が細くてかっこ良かったのかな。そういえば二人の少年時代の写真を見たことがない。今度聞いてみよう。

「あ、クラス分け、貼り出されている」

靴箱には、人だかりができていた。わたしは少し飛び出した頭をいかし、ずらずらと並んでいる小さな名前の列を目で追う。

「どう？　見える？」

「一組は二人ともいないね。二組も、ない」

三組の文字を追っていると、秋月沙織と浜田《はまだ》陽菜の文字を見つけた。

わたしは振り返る。

「やった！　二人とも三組だよ！」

「本当!?　中学最後に沙織と一緒でよかった！」

わたしたちは靴を履き替え、意気揚々と教室に向かった。


教室に入ると、半分ぐらいのクラスメイトがすでに登校していた。当然ながら見知った顔もいれば、よく知らない顔もある。

陽菜と二人で黒板に書かれている座席の指定を確認する。予想通りわたしは廊下側の一番前の席だ。秋月は『あ』で始まるから、いつも出席番号一番になる。

わたしの左隣の席を見ると、高田と書かれていた。その後ろの人が佐藤《さとう》さんだから、『こうだ』と読むのだろう。

頭の中の名簿を開いてみても出てこない。知らない人だ。とりあえず陽菜と別れて、自分の席に鞄を置く。

そのとき、教室の後ろの方がざわついた。

「ねぇ。あの人、はじめて見るよね」

「例の転入生かな」

ああ、転入生って三組だったんだ。そう思って後ろを振り返る。

そこに、美少年がいた。身長はそこまで高くない。間違いなくわたしよりも低かった。色白で黒い髪が艶々《つやつや》していて、目が大きい。学ランじゃなくて、セーラー服の方が似合いそうだなとか、ちょっと失礼なことを思う。

みんな、すぐに話しかける勇気はないようで、遠巻きに見ているだけだ。

その美少年が教壇の前にやってきて、席を確認している。すぐに振り返るとわたしの隣の席に鞄を置いた。ふと美少年がこちらを向いたので視線が合う。

わたしは笑みを浮かべて話しかけた。

「もしかしなくても転入生の高田くんだよね」

あれ？　返事がない。でも、話しかけた以上は続ける。

「わたしは秋月沙織。一年間よろしくね」

当たり障りのない社交辞令だ。しかし、返ってきた言葉は――

「そう」

の、一言だけ。高田くんは席に座って、鞄から文庫本を取り出した。しおりを挟んでいたページを開き、めくり始める。

とても転入初日に取るような行動ではない。

わたしはしばらく呆けていた。

そう、とはなんだ。いくら初対面で緊張していても、その素っ気なさすぎる態度はありえない！

あんまりな態度に、一気に頭に血が上る。とはいえ、相手に直接ぶつけるといささか問題になる。怒りを堪えて立ち上がり、足早に後方に座る陽菜のところに向かった。

興味津々といった様子で陽菜が聞いてくる。

「沙織、あの子と話したでしょ。なにを話したの？」

わたしは胸の前で腕を組んで、ふんと鼻を鳴らした。

「それが挨拶の一つもないんだよ！　こっちが名前を言ったのに名乗るどころか、そう、だって」

わざとらしく声真似をしてやった。陽菜はクスリと笑う。

「へー、それじゃあクラスに馴染《なじ》むの大変だね」

わたしは「その通りだよ」と陽菜に頷く。あれでは誰も相手にしてくれなくなる。ずっとあの態度を続けていくつもりなのだろうか。

始業式が滞りなく終わると、教室でホームルームが始まった。ふんわりとしたボブカットが女性らしい宮部《みやべ》先生が新しいクラスの担任だ。

さっそく宮部先生が出席番号順に自己紹介をしましょうと言う。

「秋月沙織です。中一のときにバスケ部に入って、今は副部長をしています。一年間、よろしくお願いします」

わたしは後ろを向いて、クラスの皆に聞こえるように用意していた言葉を話す。自己紹介をするだろうと予想していたから、あまり緊張しなかった。

言い終わるとパチパチと拍手がされる。陽菜が後ろの席で小さくピースをしていたので、わたしも笑顔を送った。

そのあと、五人の生徒がそつなく自己紹介をすると高田くんの番になった。

「……高田千晴《ちはる》。十四歳」

十四歳だなんて、クラスにいるほとんどがまだ十四歳なのだから言う必要はない。

そう思ったのはわたしだけではないだろう。みんな、どう反応していいか分からないといった顔をしている。

宮部先生が少し焦ったように付け加えた。

「高田くんは三年生からこの丸花中《まるはなちゅう》に転校してきました。分からないこともあるだろうから、みんな、この学校のことを教えてあげてね。高田くん、なんでもいいからもう少し詳しく自己紹介して。部活はなにをしていたとか、なにが好きだとか」

笑顔の宮部先生も心なしか口元が引きつっている。だけど、高田くんはさらに場を凍り付かせることを言う。

「どうせ一年しか一緒にいないんだから、特別言うことはありません」

突き放すような言い方に教室がシンとなる。高田くんはなんのフォローもせず、席に座ってしまった。

「え、えーと、それでは、次の佐藤《さとう》さん。自己紹介をお願い」

宮部先生はなんとか笑顔を保って、次を促《うなが》した。

ここまで態度が悪いということは、高田くんは本当に他の子たちと仲良くするつもりがないのかもしれない。ほとんどの男子は気に入らなかったようで、「なんだ、あいつ」とひそひそ声で言っているのが聞こえてくる。

――本当、なんなんだ、だよ。

わたしも憮然《ぶぜん》としていた。だけど、他の女子は違った。

ホームルームも終わって、今日はもう帰るだけになったときのことだ。

「ねえねえ、高田くん。どこから転校してきたの？」

クラスでもかわいい顔立ちの女子たちが、高田くんの席に三人集まっている。たぶん、この三人でグループを作ったのだろう。みんな、学校で禁止されている色付きのリップをしていた。

「自己紹介のときは緊張していたんでしょ？」

特に積極的に話しかけているのは古川《ふるかわ》さん。一年生のときは同じクラスだった。その頃は大人しい女の子だったけれど、一年も経てばすっかり変わるものだ。

「どこからだっていいだろ」

「ふーん、秘密なんだ。じゃあ、サッカーに興味ある？　わたし、サッカー部のマネージャーしているんだ」

三年のこの時期に運動部に誘っても、なかなか部活に馴染《なじ》めないんじゃないかな。それに高田くんがどれだけ運動ができるのかも分からない。

高田くんはやっぱり無言で、鞄にプリントを入れて立ち上がった。

「あ。帰るの？　わたしたちも一緒に」

「用があるから」

ぶっきらぼうに断って、さっさと教室の前側のドアに向かった。

「どうする？　追いかける？」

「ううん。今日はやめておこう」

おいおいと、わたしは心の中で呆れる。今日はということは、次は高田くんを追いかけていくつもりなのだろうか。

「沙織、帰ろう」

席に座ったままやり取りを聞いていたわたしのところに陽菜がやってきた。わたしも立ち上がって、二人で教室を出る。

廊下には午前中で帰れることに浮足立つ生徒たち。ざわついている廊下を歩きながら、わたしは小さくため息をこぼした。

「あーあ。早く席替えしないかなー」

「沙織、高田くんの隣の席でいいじゃない」

陽菜は他人事のようにクスクスと笑う。羨《うらや》ましいというより、ちょっと面白がっている感じだ。わたしは抗議の声を漏らした。

「えー？　返事も満足にしないくらい無愛想なのに？」

「あんな美少年、滅多にいないよ。眼福、眼福。新聞部の取材、受けてくれないかな」

「絶対無理だよ。どこから転校してきたかも言わないんだよ」

あの人に取材しても絶対黙秘するだけだ。記事になるわけがない。

スニーカーに履き替えて、隣にいる陽菜を振り返る。

「ところで、このあとどうする？　わたしの家に来る？」

「行く！　あ、でもお昼ご飯どうしようか。コンビニで買っていく？」

午前で終わったので、給食は出ていない。

だけど、わたしは首を横に振る。

「コンビニでお弁当を買うなんて、あっちゃんパパが許してくれないよ。今日は家にいるって言っていたから、たぶん簡単なものを作ってくれると思う」

「あっちゃんパパのご飯、いつも美味しいんだよね。楽しみ」

陽菜は本当に嬉しそうだ。しょっちゅう遊びに来るので、うちの事情もよく知っている。わたしたちは校門を出て、自転車を漕《こ》ぎ始めた。


家に帰ると、あっちゃんパパはいなかった。

「どうしようか。材料があれば、簡単なものなら作れるけど」

冷蔵庫を開けて中身を確認しようとしたときだ。

「ただいまー。あら、陽菜ちゃん来ているの？」

あっちゃんパパの声が玄関からする。リビングに入ってきたあっちゃんパパは、買い物袋をたくさん抱えていた。それをテーブルの上に置くと、いつも下ろしている少し長めの髪をゴムで縛る。あっちゃんパパが料理を作るときにだけできる小さな尻尾だ。

「お腹空いたでしょ。すぐにご飯作るわね」

慣れた手さばきで、あっという間にオムライスを作ってくれた。

オムライスの周りには栄養のバランスを考えてか、人参やブロッコリーなどの野菜が彩《いろど》りよく添えられている。

「あっちゃんパパのオムライス、相変わらず美味しー」

陽菜は満足げに頬張っている。テーブルの向かい側に座って頬杖をついているあっちゃんパパが、嬉しそうに微笑んだ。

「ふふふ、ありがとう、陽菜ちゃん。そういえば、商店街で丸花中の生徒がお買い物していたわよ」

「丸花中の生徒が？　お昼ご飯でも買っていたのかな」

商店街には丸花中の生徒御用達の惣菜屋がある。出来立てのほくほくコロッケが一番人気だ。

「それがね。お惣菜じゃなくて、お野菜とかお肉とかを買っていたのよ。見たことのない、すごく綺麗な顔をした男の子だったわ。しかも詰襟に三年の校章をつけていたわよ」

三年生で、すごく綺麗な男の子。高田くんのことだろうか。

わたしは陽菜と顔を見合わせる。

「高田くん、用事って本当にあったんだ」

てっきり古川さんたちと離れるための方便だとばかり思っていた。しかも、商店街で食材の買い物とは、中学生男子としては珍しいのではないだろうか。

「高田くんっていうの？」

あっちゃんパパは小首をかしげる。わたしは頷いて答える。

「同じクラスなんだ」

「しかも転校生で沙織の隣の席」

「ごほっ」

陽菜の余計な言葉に、オムライスのご飯粒をのどに引っ掛けそうになる。そんなことを言ったら、あっちゃんパパがどんな反応をするか分かり切っている。

あっちゃんパパは両手を合わせて、「まあっ」と大げさな声を上げる。

「きっとまだお友達がいなくて、寂しい思いをしているはずだわ。沙織ちゃん、お友達になってあげて」

「ああ、うん。そのうち友達にはなると思うよ」

とりあえず適当な返事をしておく。あっちゃんパパは満面の笑みを浮かべた。

「お友達になったらうちに連れてくるのよ。美味しいお菓子を用意するわ」

そんなの、あの高田くん相手に絶対無理。ははと乾いた笑いだけが漏れる。

「あっちゃんパパ、相変わらずだね。世話焼きっていうか、おせっかいっていうか」

陽菜の言う通り、あっちゃんパパは一人で寂しそうにしている子を放っておけない性格なのだ。

陽菜のときもそうだった。

小学生のとき、わたしは、公園で一人ブランコを漕《こ》いでいる陽菜を見つけた。見かけたことのない子に、話しかけようか迷っていた。

そんなわたしの背中を押したのが、あっちゃんパパだった。そのとき陽菜は引っ越してきたばかりで、友達が誰もいなかったのだ。

あのとき勇気を出して本当によかったと思っている。なんでも相談できる親友ができて、あっちゃんパパにも感謝しかない。

だけど、高田くんの場合は違う。もう中学生だから友達ぐらい自分で作った方がいい。大体、あの態度じゃ友達になろうとしても、なれるものじゃない。

だから適当な返事をする。

「まあね。同じクラスだし、そのうち仲良くなるよ」

あっちゃんパパと高田くんには一つも接点がない。だからわたしはその場しのぎの返事をしても大丈夫だろうと高を括《くく》っていた。

けれど、あっちゃんパパを甘く見ていたことを後に知ることになる。


夜七時過ぎ、裕二お父さんが帰ってきた。

「それでね。あっちゃんパパが転入生の男子と仲良くしろって」

あっちゃんパパはお風呂に入っている。大きな鼻歌が居間まで聞こえてきた。こぶしのかかった演歌だ。

「そうか。暁也にも困ったものだな。中学三年生なんて、男子とはしゃぐ年でもないだろうに」

裕二お父さんは夕食のアジフライにかぶりついた。咀嚼《そしゃく》しながら眼鏡の真ん中のブリッジをくいっと上げる。

向かい側のソファに体育座りしているわたしは、まだまだ愚痴が止まらない。

「だいたい、高田くんって近づくなオーラが丸出しなんだよね。目が合っても口を真一文字にしてなにも言わないの。そんな人、放っておくのが一番だよ。それに相手は男子なんだから男子が声をかけないと」

古川さんたちはよく自ら近づこうとするものだ。

「沙織も、もう中学三年生。いや、来年には高校生か」

裕二お父さんがしみじみと言う。

若く見える裕二お父さんも、そんなことを言うと年相応に見えた。

確か今年で三十八歳だ。商社マンで日々忙しく働いている。ちなみに、あっちゃんパパはイラストレーターとして自宅で仕事をしていた。

裕二お父さんがそわそわとしながら、わたしの顔を見つめる。

「その、高田くんじゃなくても、気になる男子とかいないのか」

「ええ？　気になる男子？」

いきなりなにを言うのかと驚いたけれど、ちょっとだけ想像してみる。

高田くんは気になるというか、気にせざるを得なかっただけだし、クラスの男子はまだまだ子供っぽい。男子バスケ部のメンバーは気になるっていうより苦楽を共にした仲間って感じだ。先輩たちは頼りになって憧れもあったけれど、高校まで追いかけたいと思うほどではない。

「いないかな」

「そうか。ホッとしたような、心配のような妙な感じだな」

モグモグと口を動かしながら、本当に複雑そうにお皿を見つめる裕二お父さん。

もし、十年後ぐらいにわたしが誰かと結婚するってことになったら、どんな顔をするのだろう。もしかしたら行くなと、大泣きするかもしれない。

想像するとおかしくて、つい口の端から笑みが漏れた。


その週末の土曜日。

朝食を食べて、あっちゃんパパと洗濯物を干したあとこの前買ったばかりの服に着替える。クリーム色のサロペットだ。

階段を下りると、裕二お父さんとあっちゃんパパが玄関で待っていた。

「準備できたな。行こうか」

目的の場所には三人並んで歩いていく。商店街の花屋に寄って花束を二つ買った。

さらに十分ほど歩く。

「美織お母さん。久しぶり」

やってきたのは、美織お母さんのお墓だ。

美織お母さんが眠っているのは小高い丘の上にあるお墓で、視界にはわたしたちが住む町や遠くまで輝く海が広がっている。美織お母さんは海が好きだったから、この場所にお墓を建てることに決めたらしい。わたしもすごく好きな景色だ。

昔は電車でここまで通ってきていたけれど、小学校の中学年のときにこの町に越してきた。以来、月命日には誰かが必ずお墓参りに来る。

三人で来るのは、盆と正月と命日とわたしが進級や入学の報告をするときだ。

お花を供えてお墓を掃除して、線香に火を点けるとわたしたちは手を合わせた。お線香の煙が細くたなびき、風に溶けていく。

「美織お母さん、わたし中学三年生になったよ」

二人がなにを考えているかもよく分かる。二人とも、口に出して美織お母さんに話しかけるからだ。

「美織さん。沙織も、もうすぐ十五歳です。あれから十五年も経つなんて早いものですね」

「本当、あっという間よね」

お墓に来ると、二人は毎回似たようなことを言っている。去年も、あれから十四年も経ったと言っていた。

そのあとに続く言葉もだいたい同じだ。

「これまでなんとか三人でやってきたけれど、美織ちゃんがいなくて本当に大変だったわ。特に沙織ちゃんが赤ちゃんだったとき」

「ああ。なにもかもが初めてのことで、ミルク一つ作るのにも苦労したな」

「沙織ちゃんが、なかなかげっぷしてくれなくてね」

「ああ。吐いてしまったこともあった。病院に駆け込んだけれど、これぐらいのことよくあることだと笑われてしまったな」

「沙織ちゃん、寝つきはいいのだけれど、一度起きると夜泣きが酷くて」

「ああ。だけど、寝顔は本当に天使のようだった。美織さんに見せたかったたな」

二人がお墓に話しかけ続ける中、わたしはそっとその場を離れる。

普段は仲の悪い裕二お父さんとあっちゃんパパだけれど、美織お母さんのお墓の前ではケンカする素振りを見せない。

それよりも話したいことがたくさんあるのだろう。

話はいつもわたしが赤ん坊のころから始まって、幼稚園や小学生、今の中学生のことまで続く。

わたしは空を見上げた。

そこには雲一つなく、まだ少し冷たい風が頬を撫でる。

ここに来ると、考えても仕方ないことだけれど、もし美織お母さんが生きていたらどうなっていただろうと考えてしまう。

あっちゃんパパのように料理を作ってくれただろうか。一緒にお菓子を作ったりしたのだろうか。でも、バリバリのキャリアウーマンだったらしいから、裕二お父さんのように仕事中心の生活をしていたかもしれない。

わたしと美織お母さん、あっちゃんパパ、裕二お父さん。

四人で暮らす生活を想像するけれど、肝心の美織お母さんの姿が思い浮かべられない。写真で姿を知るだけだし、声を聞いたこともないからかもしれない。

でも、それ以上にあっちゃんパパと裕二お父さんが、あまり美織お母さんの話をしてくれないからだ。ほんの少し話すだけで、あとは毎回はぐらかされる。

どうして話してくれないのだろうと、小学生のときは思っていた。

今では美織お母さんの話をすると、二人自身が寂しくなるからだと思っている。好きな人に先立たれるなんて、まだ中学生のわたしにはとても想像できなかった。

2

三年生になって一週間。

相変わらず、高田くんは誰に対しても素っ気ない。けれど、特別なにか問題を起こしているわけでもなかった。

勉強はできるようだけれど、体育はあまりやる気がない。サッカーをしていても、試合中ほとんど走らないそうだ。

かといって、パスをすると器用に操ってボールを返してくるらしい。

本当、変な人。

わたしはというと、バスケ部の活動で忙しくしている。部長の静夏《しずか》は一年生たちになめられないように、厳しくする方針らしい。

体力作りをみっちりしますと最初に宣言して、実際にトレーニングメニューはボールを触らないものばかりにした。体育館の端から端までダッシュしたり、腹筋運動をしたり、柔軟体操を念入りにしたり。もちろん上級生のわたしたちも同じように走る。

結局、仮入部期間が終わるころには十人いた入部希望者のうち、残ったのは四人だけになってしまった。

「ねえ、静夏。さすがに一年生が減りすぎじゃない？」

部活の帰り道、静夏に尋ねる。

「そうかな。でも、そもそもバスケってスタメン五人しかいないじゃない。やる気がないなら入部しない方が一年のためだったりするよ。それに今年は絶対県大会の決勝に行くんだから。わたしたちも基礎錬をしっかりしないと」

丸花中のバスケ部は県大会でベスト4が最高成績だ。去年も準決勝で敗れていた。今年こそと息巻く静夏の気持ちも分かる。

今から張り切りすぎじゃないかと思いつつも、結局それ以上そのことには触れずに静夏と別れた。

「ただいまー。……ん？」

ゆっくりと自転車を漕《こ》いで家に帰ると、真新しい白いスニーカーが玄関に置かれていた。うちの中学は指定こそないけれど、色のついていない白いスニーカーでないといけないという変な決まりがある。

もしかして陽菜が来ているのかな。靴を脱ぎながらリビングに向かって声を上げた。

「陽菜？　なにかわたしに用だった？」

「沙織ちゃん、おかえりなさい」

「……おかえり」

リビングのドアからあっちゃんパパと一緒に出てきた人物を見た途端、わたしは「えっ」と小さく声を上げた。

そこに立っていたのは、気まずそうに視線を逸らす高田くんだった。

「な、なんで、うちに高田くんが？」

「こら。人を指でささないの。千晴くんね。実は裏のおばあちゃんのひ孫さんなんですって」

「裏のおばあちゃんの？」

わたしの家の裏には、少し腰の曲がったおばあちゃんが一人で住んでいた。

回覧板を持っていくと必ずお菓子をくれる。わたしたち家族がこの家に引っ越してくる前から裏の家に住んでいて、わたしを孫のように可愛がってくれていた。

大好きなおばあちゃんだ。

「千晴くん、偉いのよ。おばあちゃんのためにお買い物したり、お洗濯したりしているの。本当、おばあちゃん孝行よね」

あっちゃんパパはニコニコしながら高田くんを褒める。親しげに名前で呼んでいるけれど、高田くんは若干困惑しているようだ。

「高田くんが裏のおばあちゃんのひ孫だってことは分かったけれど、なんでうちにいるの」

おばあちゃんのひ孫であることと、ここにいる理由とは直結しない。

「それがね。お肉屋さんで千晴くんが肉じゃがの作り方を聞いていてね。すごく真剣にメモしているんだけれど、やっぱり実際に作って覚えるのが一番でしょ？　だからうちに連れてきたのよ。ねっ、千晴くん」

「まぁ、うん」

高田くんは気まずげに頷いた。わたしの直感が働く。

たぶん、高田くん自身はわたしの家に来るつもりはなかった。あっちゃんパパが無理やり高田くんを引っ張ってきたのだろう。商店街にいるおばちゃんたちにも後押しされ、断るに断れない状況におかれた高田くんが簡単に想像できた。

「というわけで、今日のご飯は肉じゃがよ」

確かに醤油のいい匂いが玄関まで漂ってきている。高田くんはあっちゃんパパの顔色を窺《うかが》うようにして切り出す。

「あの、そろそろ帰ります」

「あら。せっかくだから三人でお茶でも飲みましょうよ」

「いえ。洗濯物を取り込まないといけないんで」

高田くんはさっさとリビングに荷物を取りに行く。

わたしはよかったと息をついた。高田くんとお茶なんてしてもなにを話せばいいか分からないもの。あっちゃんパパのマシンガントークで、わたしたちが話す必要なんてないだろうけれど、気まずいものは気まずい。

「あ！　それならおばあちゃんと千晴くんの分も肉じゃがをタッパーに詰めるから、ちょっとだけ待っていてね！」

あっちゃんパパは慌ただしく、台所へ駆けていった。

玄関に取り残されたのは、わたしと高田くん。まさか高田くんを残してわたしだけ部屋に行くわけにもいかず、その場で荷物を持ったまま立っていた。

これなら、三人でお茶をした方が良かったかもしれない。

「えーと。ごめんね、高田くん。あっちゃんパパが無理やり家に連れてきたんでしょ？」

「まぁ、……うん。でも助かった。丁寧に教えてもらえたから」

「へー」

なぜ料理を教わろうとしているのか、高田くんに聞いてみたい。

確かに裏のおばあちゃんからすれば、買い物や洗濯をしてもらえて助かるのだろうけれど、高田くんが放課後を潰してまでやらないといけないのだろうか。

「えーと」

あっちゃんパパみたいに料理が好きなの？

試しにそう聞こうとした。その前に高田くんが口を開く。

「本当、お前のとこの親父パワフルだな。そういえば、もう一人の親父もこうだったな」

もう一人の親父？　あっちゃんパパだけじゃなくて、いつの間に裕二お父さんにも会ったのだろうか。

そう思っているうちに、あっちゃんパパが戻ってきた。

「はい。お待たせ。おばあちゃんによろしくね」

あっちゃんパパは高田くんにビニール袋を渡す。

中には肉じゃがの入ったタッパーだけでなく、お漬物のパックも入っていた。この前、裕二お父さんが京都出張のお土産にたくさん買ってきたものだ。

「ありがとうございました」

高田くんはあっちゃんパパに頭を下げて家を出ていった。

「えっ！　高田くんって、裏のおばあちゃんと一緒に暮らしているの⁉」

わたしは肉じゃがのジャガイモをお皿に取り落とすほど驚いた。

「あら。言わなかった？」

食卓を一緒に囲むあっちゃんパパがケロッとした顔で言う。

「言ってないよ」

つまり、わたしと高田くんは学校だけじゃなくて家まで隣同士だということだ。

なるほど、高齢のおばあちゃんと一緒に住んでいるから、買い物や洗濯をしているのだろう。料理もその一環に違いない。

裕二お父さんがほうれん草の和《あ》え物に箸をつけながら首をかしげる。

「高田くん……。この前話していた隣の席の？」

「うん。いつも素っ気ない子」

わたしの答えに今度はあっちゃんパパが首を捻る。

「あら、でも今日は熱心だったわよ。出汁《だし》の取り方も覚えたいって言っていたくらいだもの。でも、それはおばあちゃんに聞いた方がいいって言っておいたわ。家庭の味だものね」

出汁なんて、あっちゃんパパの手伝いをたまにするわたしでも取ったことがない。料理するときはいつもの顆粒《かりゅう》出汁を入れるだけだ。

大体お隣のおばあちゃんは高齢といっても、料理はお手の物。おばあちゃんの作るおはぎは絶品で、甘すぎないあんこはいくらでも食べられる。あんまり高田くんがなんでもやってしまうと、逆にボケてしまうんじゃないかと心配になった。

わたしは、ふと気になったことを尋ねる。

「そういえば裕二お父さんは高田くんに会った?」

「いや。見かけてもいないが?」

「でも今日、高田くんがもう一人の親父もって言っていたんだよね。これって、うちにお父さんが二人いるって知っているってことだよね」

二人は顔を見合わせた。

「暁也。お前、話したのか?」

「いいえ。でも、千晴くんは裏のおばあちゃんのひ孫ですもの。以前、千晴くんがおばあちゃんちに遊びに来たときにでも会ったことがあるのかもしれないわね」

「それか、おばあちゃんから話を聞いていたのかもしれないな。親父が二人もいる子は珍しいから」

確かに高田くんの口ぶりはそんな感じだったかもしれない。

それに、裕二お父さんは珍しいと言うけれど、珍しいどころか全国どこを見ても、お父さんが二人もいるなんてこの家ぐらいじゃないかな。

裕二お父さんはみそ汁をすすりながら、さらに付け加える。

「そうそう。おばあちゃんといえば、うちの親父とお袋がゴールデンウイークのはじめに遊びに来るって」

「おばあちゃんとおじいちゃんが？」

裕二お父さんが「そうだ」と頷く。

あっちゃんパパは美織お母さんと同じ、身寄りのない子供が集まる施設で育った。だから、お父さんとお母さんがいない。わたしがおばあちゃんとおじいちゃんと呼ぶのは裕二お父さんの両親だけだ。

この家に来るなんて珍しい。

どちらかというと、わたしと裕二お父さんが二人のもとに遊びに行くことが多い。嫌われているわけではないけれど、あっちゃんパパも一緒だと微妙におじいちゃんおばあちゃんが気を使うからだ。

それなのに、いきなり遊びに来るなんてどうしたのだろう。

同じように思ったのか、あっちゃんパパが小首をかしげた。

「あら。こんな時期になにかしら」

「なんでも沙織の進級祝いに来るらしい」

「ふーん」

中学二年生になるときは、お祝いなんてしなかったのにどうしたのだろう。

不思議に思いつつも、久しぶりの再会には違いない。お土産を買ってきてくれるだろうから楽しみだ。


四月も折り返しに入り、新しいクラスにもかなり馴染《なじ》んできた。

三年生にもなると元々知っている顔が多いから、最初からあまり壁も感じない。宮部先生もいい先生で、クラスの頼れるお姉さんという雰囲気で接している。クラス替えで戦々恐々としていたけれど、過ごしやすい良いクラスだ。

ホームルームの時間、宮部先生はプリントを配っていく。

「はい。ではプリントに書かれている通り、この日程で家庭訪問をします。ご両親に確認してもらって、サインを貰ってきてください」

プリントを後ろに回しながら内容に目を通す。例年通り出席番号順かと思いきや後ろからになっていた。

つまり、わたしの順番はクラスの最後。来週から始まってゴールデンウイークを挟み、五月の中旬に終わる予定になっている。

家庭訪問は毎回あっちゃんパパが先生を迎えてくれていた。

わたしの家の事情は先生同士で引き継ぎがあるらしく、家に来ても驚かれることはまずない。あっちゃんパパの手作りお菓子の歓迎に、先生が気おくれすることはあったけれど。

ホームルームが終わると荷物をまとめ始める。やってきた陽菜が訳知り顔で言う。

「中三の家庭訪問かぁ。やっぱりあれを聞かれるかな」

「あれ？」

「進路希望だよ」

考えてもみなかったけれど、確かに進学したい高校を聞かれそうだ。

とはいえ、そう慌てることはない。

中二の三学期にあらかじめ進路調査票を提出しているからだ。わたしは無理せずに行けるバスケ部の強い公立の高校を書いていた。私立もバスケ部が強いところを選んでいる。

「ねえ、高田くんはどこに行くの。一年後には分かるんだから教えてよ。分からなかったら県内の高校の特徴を教えるよ」

物好きにも陽菜が隣に座る高田くんに話を振る。

どうせ答えはないのだろうなと思っていたけれど、意外にも高田くんは口を開いた。

「就職」

「「え？」」

ぼそりとした声に思わず、わたしと陽菜は声を合わせる。

今、就職と言ったように聞こえたけれど……

「だから就職する」

一瞬聞き間違いかと思ったけれど、間違いなかったみたい。

「それって高校に行かないってこと？」

「高校行かないって、……なんで？」

わたしはつい聞いてしまった。それが高田くんの癇《かん》に障ったようだ。

「なんでだっていいだろ！」

高田くんはこれまで聞いたことのない大きな声で叫んだ。

「なに？」

「え、今の高田くん？」

珍しい人の大声にクラス中が注目する。

「えっと、ご、ごめん」

わたしは謝るけれど、高田くんはムスッとしたまま荷物を持って立ち上がる。そしてわたしたちを置き去りにして、教室から出ていった。

高田くんは裏のおばあちゃんの家に住んでいる。

もしかしたらお金がないから、高田くんだけおばあちゃんの家に来たのかもしれない。それとも、ご両親が事故に遭って、いないという可能性もある。

なににしてもなにか事情があるに違いなかった。

それが理由で、あんなに素っ気ない態度をしているのかもしれない。人の事情に首を突っ込んで、悪いことをしてしまったと気持ちが沈む。

高田くんのことを考えながら家に帰ると、あっちゃんパパが家から出てくるところだった。帰ってきたわたしを見て、笑みを浮かべる。

「あ。ちょうどよかった、沙織ちゃん。裏のおばあちゃんに回覧板を持っていってくれない？」

青いファイルの回覧板を目の前に差し出された。町内会のそれは月に一度は必ず回ってくる。回覧板を裏の家に持っていくなんて、なんでもない仕事だ。

でも、わたしはすぐには手に取れなかった。

「なんで、わたしが？」

思わず上ずった声になってしまう。

「なんでって、いつも遊びに行っているし。沙織ちゃんが行った方がおばあちゃんも喜ぶじゃない」

当然あっちゃんパパは、わたしが高田くんに会いたくないことを知らない。どうして回覧板を持っていくことを嫌がるのかという顔をしていた。

「そうそう。お野菜いただいたから、それで作った浅漬けも持っていってね」

浅漬けの入ったタッパーまで持たされてしまった。

「分かった。行ってくる」

観念して通学鞄を置き、玄関を出る。おばあちゃんに渡して、すぐに帰ってこよう。

肩に力が入っていることを自覚しながら、家の裏へ向かった。周りを見回して高田くんの姿がないことを確認する。

おばあちゃんの家のチャイムを素早く鳴らした。はーいという返事はおばあちゃんの声だ。ほっと安堵して、インターホンに向けて話しかける。

「裏の秋月です。回覧板を持ってきました」

「あらあら。沙織ちゃん、ちょっと待っていてね」

わたしは自転車だけど高田くんは徒歩だから、まだ帰ってきていないようだ。渡すものだけ渡して、早く去ってしまおう。

程なくして引き戸の玄関がカラカラと音を立てて開き、おばあちゃんが出てきた。腰はちょっと曲がっているけれど、しっかり歩いている。頬がふっくらしていて、お日様のような顔をしていた。

「沙織ちゃん、こんにちは。回覧板、ありがとうね。ちょうど美味しい甘納豆を貰ったのよ。さあ、上がって食べていって」

おばあちゃんは回覧板を受け取ると、わたしの手を優しく引く。

「いえ、わたしは回覧板とあっちゃんパパが作った浅漬けを届けに来ただけなので」

「でもね。本当に美味しい甘納豆なのよ。お友達がお土産に買ってきてくれてね。少しだけ食べていかない？　それにお話ししたいこともあるし」

いつもならすぐにお邪魔している。

それでも今日は上がるわけにはいかなかった。

「ごめんなさい。これから、あっちゃんパパのお手伝いをしないといけないから」

あっちゃんパパはたぶん、おばあちゃんの家にお邪魔して帰ってくると思っているだろう。だけど、ここは嘘をついてでも、この場を早く立ち去りたかった。

「そう……」

しゅんとしたおばあちゃんの声と表情に心が痛んだ。

そのとき、背後から話しかけられる。

「二人で家の前でなにしているの」

声に振り向くと高田くんが立っていた。

間に合わなかった。帰ってくる前に、立ち去ろうと思っていたのに。

わたしは気まずくて、つい視線を逸らす。

「えっと、回覧板を届けていただけ。それじゃ」

そそくさと、その場を去ろうとした。だけど、高田くんが「待って」と引き留める。

「話したいことがあるから、十分、いや五分だけ家に上がって」

驚くことに高田くんの方から誘いがあった。

「……じゃあ、少しだけ」

あまりにも真剣な目で見つめてくるので、ノーとは言えなかった。

でも、話したいことってなんだろう。

就職について聞き返したことを、まだ怒っているのかな。

「こっち」

高田くんが玄関には入らず、家の塀沿いに歩く。

どこに行くかはすぐに分かった。

平屋のおばあちゃんの家の横には広い庭がある。野菜もそこで育てていて、よくお裾分けを貰う。庭に面した縁側は少し腰かけて話すには、ちょうどいい場所だ。

だが、庭の方に行ったわたしは驚いて足を止めた。

以前はなかったものが置かれていたからだ。

「バスケットゴール……。高田くん、バスケするの？」

ストリートバスケで使われるバスケットゴールが家の外壁につけられていた。前に来たときはなかったし、おばあちゃんが使うわけがない。

持っていた荷物を縁側に置きながら高田くんは言う。

「こっち来る前は、バスケ部だったから」

「そうなんだ！　それなら自己紹介のときに、そう言えばよかったのに」

同じバスケ部だったこともあって、一気に高田くんを身近に感じた。

「チビのくせに変だろ」

「そんなことないよ。ポイントガードってポジションもあるし、これから身長が伸びる可能性はいくらでもあるじゃない。ねえ、バスケ部に入ろうよ。わたしが男子バスケ部の子たちに紹介するからさ」

高田くんは学ランを脱いで、シャツの袖をまくる。そして、縁側の端っこに置かれていたバスケットボールを手にした。

「今から入っても試合には出られないし、チームの邪魔になるだろ。雰囲気も悪くなるかもしれない。特にバスケは五人しかスタメンがいないんだから」

邪魔ということはないだろうけど、チームワークがあるからよほど上手くなければスタメンに選ばれる可能性は確かに低いはずだ。

高田くんは二つの大きな石が平行に置かれている場所に立った。たぶんフリースローの線なのだろう。

スッと腕を上げて綺麗なフォームでボールを放つ。明らかに経験者のそれだ。

パスッと小気味いい音がして、ボールがリングに吸い込まれた。

「ナイッシュー。じゃあ、一年はバスケも我慢か。高校に入ったら……、あ。ごめん」

またしても突っ込んだ話をしてしまったことに気づき、慌てて口を押さえる。

「いいよ。俺こそ、ごめん。怒鳴ったりして」

高田くんは直角に頭を下げた。

そこまでされると、わたしの方が悪いことをしている気分になる。

「こ、こっちこそ、いいよ！　わたしが無神経なこと言っちゃったせいだもん！」

「でも、進学せずに就職するとか聞いたら普通は驚くだろ。引っ越したり、転入したり……。他にも、ここ一か月で色々あって」

なんだ。やっぱり、高田くんの素っ気ない態度には理由があったんだ。

それが分かっただけでも、わたしの気持ちも和らいだ気がする。

「全然気にしてないよ。ほら、頭上げてよ」

高田くんはゆっくりと頭を上げる。その眼は少しだけ潤《うる》んでいるように見えた。

「ありがとうな」

いつもよりずっと柔らかな声が聞こえる。

「二人ともお茶とお菓子をどうぞ」

わたしがなにか言う前に、おばあちゃんがお盆にお茶と甘納豆を入れた皿をのせて持ってきた。

高田くんが座ろうかと言うので、お盆を挟んで二人で縁側に腰かける。

「じゃあ、沙織ちゃん。ゆっくりしていってね」

おばあちゃんは気をきかせてか、部屋の奥へと消えていった。

「実はさ。俺の親、この前離婚したんだ」

高田くんはつぶやくように言った。いきなり事情を聞かされて、口にしていた甘納豆をほとんど噛まずに呑み込んでしまう。

「そう、だったんだ」

気まずくて、地面にしか視線を向けられない。

「離婚するとき、父親も母親も、どっちも俺を引き取りたがらないで押し付け合ったんだ。それなら、ずっと一人きりで暮らしているばあちゃんの家に行くって自分から言った。元々、なにもかもバラバラで夕飯も全員別々に食べていたから、家族から離れたっていう実感もないんだけどさ」

　わたしはなにも言えない。家族の形はそれぞれだけれど、ちゃんと形がある。わたしの家だって他とは違うかもしれないけれど形はある。

　でも、高田くんの家は形自体が見えないんだ。

「ガッカリな親だろ」

「……でも、おばあちゃんすごく優しいし、二人で暮らすなんて羨《うらや》ましいよ」

　少し無理に笑った。そんなわたしに高田くんは微笑み返す。

「そりゃ、ばあちゃんは優しいけれど、親とは違うだろ。でもいいんだ、俺は」

「なにが？」

「俺は一人でなんでもできるようになって、就職して金を稼げるようになって、あいつらの呪縛から完全に解き放たれるんだ。今は養育費を貰っているけれど、それも一年後にはなくなる」

　立ち上がって笑う高田くんは清々《すがすが》しい顔をしていた。だから、洗濯も料理も買い物も、全部ひとりでなんでもできるようになろうとしているんだ。

　それは立派なことに聞こえるけれど——

「なんか、変なの」

わたしは意見することに遠慮はしなかった。「なにが」と返事がある。

「そりゃお手伝いをするときもあるけれど、あっちゃんパパや裕二お父さんはわたしには子供のときにしかできないことをしなさいって言うよ。友達と遊んだり、部活に励んだり。そういうのもう、高田くんはしないの？」

「ああ、卒業した」

即答する高田くん。

「やっぱり変だよ。まだまだ子供なのにさ」

「俺たち、すぐに十五だろ。もう大人だよ」

軽口を言ったわたしに怒るかと思ったけれど、高田くんの口調には少しも怒りを感じなかった。もしかしたら、本当に大人なのかもしれない。

「変なのは秋月の家族だろ。父親が二人なんてさ」

前言撤回。やっぱり子供だ。

「しょうがないじゃない、生まれたときからそうなんだし」

「……やっぱり、あの二人付き合っているのか？」

横を見ると、高田くんはどことなく頬を赤く染めていた。

あっちゃんパパと裕二お父さんが付き合っている？　思わず二人が手を取り合って見つめ合っている姿を想像した。すぐに笑いが込み上げてくる。

「ははは！　ないない！　たまに誤解している人もいるけどさ。あっちゃんパパと裕二お父さん、毎日ケンカばかりだよ？」

仲がいいと思えるのは美織お母さんのお墓の前だけだ。

「秋月が知らないだけで、そうかもしれないじゃん」

「えー？」

高田くんが反論するけれど、それは絶対になかった。

部屋も別々で、わたしが間に立たないと必要最低限のことしか話さない。下手をしたら丸一日、二人ではなにも話さない日もあった。

「とにかく変なものは変だ」

「そうだね」

わたしは素直に頷く。

でも、そんな変な家族がわたしの家族の形なんだ。

3

四月の終わり。

つまりゴールデンウイークの始まりは、嵐のような幕開けだった。

約束の時間の五分前にチャイムが鳴る。

「いらっしゃい。おじいちゃん、おばあちゃん」

わたしが一番に駆け寄って玄関を開けた。

「沙織ちゃん、久しぶりね。また大きくなって。すっかりおばあちゃんの背を追い越しちゃったわ」

「将来はやっぱりバスケット選手か。目指せ、オリンピックだな」

にこやかに笑う、裕二お父さんの両親。

おじいちゃんとおばあちゃんはまだ六十代なので、裏のおばあちゃんと比べたら随分若い。染めているのかもしれないけれど、目立った白髪もなかった。

二人とも眼鏡をかけていて、裕二お父さんと雰囲気がよく似ている。特におじいちゃんは、裕二お父さんが年をとったらこうなるだろうなと思うほどだ。

「父さん、母さん。いらっしゃい。入って」

この日の裕二お父さんはラフな格好で、ストライプ柄のシャツにデニムを穿《は》いていた。奥から同じくラフな服装のあっちゃんパパもやってくる。

「どうぞ。お茶を淹《い》れますね」

おじいちゃんとおばあちゃんは居間に入ってソファに座った。それにしても、荷物がすごく多い。おばあちゃんは、焦げ茶色の紙袋から箱を取り出した。

「まずは、はい。お土産のお菓子よ。羽田空港限定のお菓子で結構並んだのよ」

「あ、知っているよ。これ、テレビでも流行《はや》っているって言っていた。ありがとう。おじいちゃん、おばあちゃん」

間にキャラメルが挟んであるクッキーだ。

おじいちゃんとおばあちゃんは東京に住んでいる。だからお土産で貰うものは、ほとんどが東京で流行《はや》っているものだ。

「それから、これは沙織ちゃんに。進級とちょっと早めのお誕生日のお祝いね」

「えっ、わたしに？」

おばあちゃんが紙袋から取り出したのは、赤いリボンでラッピングしてある大きな白い箱だ。まさか大荷物のうちの一つが、わたしへのプレゼントだとは思わなかった。

中身はなんだろう。渡された箱は随分軽い。

リボンを解いて箱を開ける。すると「わぁっ」とあっちゃんパパから歓声が上がった。柔らかそうな生地が目に飛び込んでくる。

「服？」

ただの服じゃない。裾がフワフワしている、優しい色合いの黄色いワンピースだった。とても可愛いけれど――

「沙織ちゃんも、もう十五歳のレディでしょ。女性らしい服も着た方がいいと思うの。おばあちゃん、張り切って選んじゃった」

「は、はは、似合うかな」

びっくりしすぎて、ぎこちない笑顔になってしまった。わたしはいつもボーイッシュな服装をしていて、女の子らしい服は苦手。そもそもスカートは制服しか持っていない。

「ねえ、着替えてきて、沙織ちゃん」

おばあちゃんが少女のように顔をほころばせた。完全におばあちゃんの趣味だ。おばあちゃん自身も、上品で可愛らしいピンクのカーディガンを羽織っている。

女の子らしい服が嫌いというわけじゃない。ただ、わたしには似合わない。絶対に似合わない。

でも、みんなが期待の眼差しで見つめてくる。

「わ、分かった」

自分の部屋へ向かう。着替えると、姿見の前に立って恐る恐る確認する。鏡に映るわたしは、案山子《かかし》が洋服を着ているようにしか見えなかった。つまり似合わない。

それでも、みんなの前に行かないわけにはいかない。

「……変じゃない？」

居間に顔を出すと、全員が一斉にこちらを向く。ものすごく恥ずかしくて、すぐにでも部屋に戻りたくなった。

「おお、似合うぞ。沙織ちゃん」

「ええ。身長が高いからモデルさんみたいねぇ。羨《うらや》ましいわ」

おじいちゃんとおばあちゃんが手放しで褒めてくれる。無言の裕二お父さんはいつの間に持ってきたのか、一眼レフカメラで写真を撮っていた。

「美織ちゃん。沙織ちゃん、綺麗ね」

あっちゃんパパは棚に飾ってある美織お母さんの写真に話しかけている。とても恥ずかしいけれどこんなに喜んでくれるなら、たまにはこういう格好もいいのかもしれない。本当にたまにならだけど。

そのあと、みんなでお土産のお菓子を食べながら談笑する。いつものように、おじいちゃんとおばあちゃんは中学ではなにをしているのかと聞いてきた。

「今度、球技大会があるんだ。もちろん、わたしはバスケで出るんだよ。あ、あとね」

わたしは球技大会の話や美術の授業で描いた絵の話をする。

なごやかな雰囲気が変わったのは、あっちゃんパパが、お茶のおかわりを持って台所から戻ってきたタイミングだった。

「あなた、そろそろ」

おばあちゃんがおじいちゃんに向けてそう言うので、もう帰ってしまうのかと思った。たくさん話したとはいえ、遠方から訪ねてきたわりには随分と早い。

でも、おじいちゃんとおばあちゃんは帰るわけじゃなかった。

「裕二」

おじいちゃんが、裕二お父さんの方を向いて真剣な声で名前を呼ぶ。

改まった口調になにを言い出すのだろうと、裕二お父さんだけでなく、わたしとあっちゃんパパも注目する。

「お前、見合いをしてみないか？」

「『お見合い⁉』」

思わず声を上げたのは、わたしとあっちゃんパパだ。

おじいちゃんはテーブルの上に大きなファイルを置いた。上品な質感の表紙はどう見てもお見合い写真だ。

「わたしの同級生のお嬢さんだ。二十代後半で、偶然、この町の近くで働いていると聞いてね。とりあえず、お互いの子供を会わせてみようという話になったんだ。趣味は映画鑑賞で――」

おじいちゃんが勢いよく相手の情報を言い連ねる。

だけど、途中で裕二お父さんが立ち上がって言った。

「ちょっと待てって、父さん！　俺は結婚したいなんて言った覚えはないけど！」

「だが、お前ももう三十八なんだぞ！」

肩がびくっと跳ねてしまった。おじいちゃんが声を荒らげるところなんて、初めて見た。全員が驚いた顔をしている。

四人分の視線を受け止めて、気まずそうにおじいちゃんは口を開いた。

「したいと言った覚えはないといっても、裕二は一度も結婚しないつもりなのか？」

「……いや、考えたことがなかったっていうだけで。子育てで手いっぱいだし」

裕二お父さんはわたしの方をチラリと見る。

「子育てといっても、沙織ちゃんももう中学三年生じゃないの」

おばあちゃんも、わたしを見つめて言う。なんとなく居心地が悪くなって、湯呑みを手にしてお茶を飲んだ。

「とてもいいお嬢さんだそうよ。とりあえず、会ってみなさいよ」

「母さん！」

「だってお父さんが二人もいるなんて、普通はおかしいでしょ。確かに三人がそれでいいって言うのも分かるけど、お父さんもお母さんも裕二にもっと幸せになって欲しいのよ」

おばあちゃんが裕二お父さんを見つめる瞳は少し潤《うる》んでいる気がする。

「そうだ。わたしたちは裕二自身の幸せを願っているんだよ」

「父さん……」

おばあちゃんたちは、わたしたちの家族の形を理解してくれていると思っていた。でもこのことについて話し合いがあったのは十五年も前で、当時赤ん坊だったわたしが知るはずもない。なにがあったかも聞かせてもらっていない。

確かにおじいちゃんとおばあちゃんは、わたしに優しくて本当の孫のように思ってくれている。けれど、その前に裕二お父さんの実の親なんだ。本当に裕二お父さんのことが心配なんだ。

その事実がじんわりと胸を締め付ける。どう反応していいか分からない。

「どうだ。裕二」

おじいちゃんは裕二お父さんの真意を聞こうと正面から見つめる。その圧に負けたように、裕二お父さんは顔を逸らした。

「俺はこのままでも……」

「いいんじゃない？　お見合い」

　それまで黙っていたあっちゃんパパが、唐突に賛成した。

「この家は裕二のものだし、わたしと沙織ちゃんは近所のマンションにでも引っ越すわ」

　あっちゃんパパの提案にわたしはびっくりした。裕二お父さんも途端に顔色を変える。

「ちょっと待て。出ていくなら暁也一人だろう」

「あら。でも家事はどうするの？　まさか沙織ちゃんやお嫁さんに任せきりにするわけじゃないでしょうね」

　今は、家事のほとんどをあっちゃんパパが仕切っている。裕二お父さんは一瞬怯むような表情をしたが、すぐに反論する。

「家事は分担すればいい。沙織は秋月姓だろう。そもそもが俺の娘だ」

　すごく『俺の』を強調した。涼しい顔をしていたあっちゃんパパも、キッとまなじりを吊り上げる。

「それを言い出すのは卑怯よ！」

「事実を言ったまでだ！」

大人げなく大声を出して二人はにらみ合う。こんなときに、仕方なくケンカの仲裁をするのはいつもわたしの役目だ。

「ちょっと二人とも！　別に明日にでも結婚するわけじゃないんでしょ！」

するとおばあちゃんが引き寄せるように、わたしの肩を抱く。

「そうよね、沙織ちゃん。まずは会ってみないことには、どうにもならないわよね。沙織ちゃんも妹か弟が欲しいと思うの」

「う、うん」

もう中学三年生で妹や弟が欲しいという歳でもない。けれど、おばあちゃんの同意を求める視線につい頷いてしまった。

「それにお母さんと言わずとも、歳の近いお姉さんがそばにいることは、沙織ちゃんにとってもいいことじゃない。男親には相談できないこともあるでしょう?」

そう言われると、心当たりがあった。

生理が始まったときはどうしても二人には言えなくて、陽菜のお母さんに相談したのだ。

おばあちゃんの言葉の説得力に、あっちゃんパパも裕二お父さんもグッと黙り込む。

緊張の糸が張り詰めたリビングで、ゆっくりと息を吐いたのはおじいちゃんだ。

「まあ、そう気を張らずに会うだけ会ってみるといい。実はもう会う約束を取り付けているんだ。日時は五月一日の三時。場所は——」

よほど、お見合いをしてもらいたいのだろう。

裕二お父さんの了承を取る前に会う約束を取り付けているとは。そこまでされていると裕二お父さんも断ることができない。

ようやく裕二お父さんが頷くと、満足そうにおじいちゃんとおばあちゃんは帰っていった。

予想外の嵐が去ったあと、わたしは部屋に戻ってワンピースから動きやすいデニムに着替える。そのままベッドにボスンと寝そべった。

今回のことで分かったことがある。以前、わたしは自分が結婚するときの裕二お父さんの反応を想像したりしていた。

けれど、わたしよりも裕二お父さんやあっちゃんパパが結婚する方がずっとずっと早いのだ。二人とも三十代で結婚適齢期、いや、むしろ遅いぐらいなのだから。

「はぁ……」

つい、ため息が出る。当たり前のことなのに、どうして気づかなかったのだろう。

明日と言ったら、いくらなんでも早すぎだけれど、お見合いが上手くいけば何か月後かには結婚する可能性もある。

結婚式もするんだろうな。そのとき、わたしはどんな顔で列席すればいいんだろう。

裕二お父さんが選んだ人なら、おめでとうと言うしかないのだけれど――

しばらく天井を見つめてぼーっとしていると、ドアが軽くノックされた。身体を起こして、「はーい」と返事をする。

ガチャリとドアが開いて、顔を覗かせたのはあっちゃんパパだ。

「沙織ちゃん。お見合い写真見てみない？」

あっちゃんパパは、例のお見合い写真を手にしていた。

「勝手に見ていいの？」

「いいと思うわよ。リビングに置きっぱなしだったから」

確かに見られたくないなら、自分の部屋に持っていくだろう。

あっちゃんパパは、わたしの隣に座って写真を開く。写真には赤い上品な着物を着た女の人が立っていた。たれ目で目元にはほくろがある。

「……綺麗な人だね」

裕二お父さんのお見合い相手だということを忘れて、少しだけうっとりしてしまう。

「そおねぇ。でも、今日の沙織ちゃんほどじゃないわね」

「そんなはずないよ」

黄色いワンピース姿のことを言っているのだろうけれど、こんなに綺麗な大人の人と中学生のわたしを比べちゃいけないと思う。

「そんなことあるわよ、沙織ちゃん。最近美織ちゃんによく似てきたもの」

べた褒めの理由に納得した。あっちゃんパパはわたしじゃなくて、わたしの向こうにいる美織お母さんのことを見ていたんだ。

「沙織ちゃん。裕二のことは分からないけれど、パパはずっと結婚しないから安心してね」

「え……でも」

ずっと結婚しないなんて、そんな重要なことを約束してもいいのだろうか。

あっちゃんパパだって、裕二お父さんがパートナーと二人で幸せにしているのを見たら、気が変わるかもしれない。もちろん、止める権利はわたしにはない。

わたしの考えを見抜いたのか、あっちゃんパパは優しく微笑む。

「だって、パパは沙織ちゃんと一緒に過ごすのが一番いいからね。まあ、パパはこんなだから誰もお婿さんにもらってくれないけれど」

女の人みたいな口調のことを言っているのだろうけれど、きっとそれだけじゃない。裕二お父さんとはもちろんそんな関係じゃないけれど、あっちゃんパパはやっぱり男の人が好きなのかな。だから、こんなことを言うのだろうか。

「……そんなことないよ。あっちゃんパパだって」

素敵な彼氏ができたら、きっと結婚しちゃうよ。

そう言おうとしたとき、再びノックの音がする。返事をすると今度は裕二お父さんが顔を出した。

「沙織。ちょっと話が……。なんだ、暁也。いたのか」

裕二お父さんは、あっちゃんパパを見ると顔をしかめた。

「あら？　いちゃいけないの？」

あっちゃんパパはわたしへの態度とは打って変わって、ツンとして言う。裕二お父さんも憮然《ぶぜん》とした態度で返した。

「そういうわけじゃない。ただ、沙織にお見合いはすることにはなったけれど、断ることを言いたくて」

わたしは口をポカンと開けてしまう。

「でも、綺麗な人だし、会ってみたら気が合うかもしれないよ」

会う前から断るつもりだと聞いたら、相手の人は怒ってしまうだろう。すごく失礼な発言な気がした。

「いや、俺には沙織という子がいるから」

その言葉に、お腹の底からぐつぐつと怒りが湧いてくる。

「なんで？　わたし、もうすぐ十五だよ。子供じゃない」

自然と声が低くなる。そして、口にして自分で納得した。

そうだよ。まだ小学生ぐらいだったら、お見合いなんかしないでと駄々をこねてもいいかもしれない。けれど、わたしはもう十五歳だ。新しい家族が増えることなんて、なんてことないはず。

ぐっとお腹に力を入れて、ベッドから立ち上がる。

「二人はわたしのことより、自分たちの幸せをもっと考えていいと思う」

裕二お父さんとあっちゃんパパは顔を見合わせてから、わたしを見つめる。キョトンとした様子だったけれど、すぐに微笑んで言った。

「沙織ちゃんったら、いつの間にか大人になったわね」

「ああ。でも、そうはいってもまだ中学生。子供には違いないから、俺たちがしっかり付いていないといけないいな」

二人は順番にわたしの頭を撫でてきた。まるで子供扱いだ。

全く気持ちが伝わっていないことに腹を立てつつ、わたしは裕二お父さんに詰め寄る。

「もう！　子供じゃないって言ったでしょ！　とにかく裕二お父さんはお見合いをすること！　ちゃんと相手の人のことを考えるんだよ。いい⁉」

「あ、ああ……」

こうして裕二お父さんは、人生で初めてのお見合いをすることになった。

今年のゴールデンウイークは、旅行の予定などは入ってない。

裕二お父さんとあっちゃんパパはどこかに行こうと誘ってきたけれど、今年は受験生だからと断った。成績は悪くはないけれど、のんびり構えていたら、第一志望校に入れないかもしれない。

同じくゴールデンウイークに予定を入れていない陽菜を家に呼んで、一緒に勉強をしていた。だけど、教科書や参考書を広げてもあまりはかどらない。

裕二お父さんのお見合いの件がずっと頭の隅にあって集中できないのだ。

「へー。裕二お父さん、お見合いするんだ」

陽菜がおやつのマドレーヌをかじりながら言う。

「へーって。反応薄くない？」

結局、我慢できなくなって陽菜にマシンガンのように喋りまくってしまった。

「だってさ。裕二お父さんは結婚しないって言っているんでしょ？」

「うん」

「じゃあ、きっとしないよ。だってお父さんたち沙織命だもん」

「だから、それじゃダメなの！」

思わずクッションを抱えて床に横たわった。でも、陽菜は小さく笑う。

「うーん。そうはいっても、大人二人の意見を子供が変えられると思う？」

「そうだけどさ……」

陽菜のちょっと大人びた意見に、わたしはつい口を尖らせる。

「なににしても決めるのは裕二お父さんだし、沙織は家で結果を待っていればいいんじゃないかな。まぁ、たぶん試験の結果より気になるだろうけど」

「……そうだね」

陽菜と数日過ごしている間に五月一日になる。

お見合い当日だ。この日は、わたしもなにも予定を入れていない。

お昼ご飯は焼きそばだ。いつもは誰かが話題を出して話しながら食べるけれど、今日は三人とも無言。麺をすする微かな音だけがダイニングに響く。

「ごちそうさま」

ご飯を食べ終わると、わたしはリビングで録りためていたドラマを見始めた。

医療系のドラマで、画面の向こうで看護師のヒロインがストレッチャーを一生懸命押している。でも、全く内容が頭に入ってこない。

裕二お父さんはこれからお見合いに行く。

朝からの表情を見ても乗り気ではなさそう。だけど、実際に会ってみたら意気投合することもあると思う。いきなり結婚なんてことにはならなくても、とりあえずそのあとも会う約束をする可能性はある。

そうなれば、裕二お父さんの幸せに繋がっていくだろう。わたしにとっても歓迎すべき結果だ。

でも相手の人と付き合うことと、結婚することとでは、全然心構えが違う。お見合いがきっかけで付き合い始めたら、その先には結婚があるのが当たり前だ。

きっと、いつまでもズルズルと付き合っていたら無責任だと思われる。

だけど、そもそもいい人じゃなかったら？　ないとは思うけれど金銭目当てで、それを裕二お父さんが見抜けなかったら？

でもいい人か、悪い人かなんて、一回会っただけじゃ分からないはずだし——

「じゃあ、行ってくる」

テレビの前でグルグル考え込んでいると、裕二お父さんがネクタイを締めながらリビングを覗いて声をかけてきた。

「え」

わたしは思わず壁掛け時計を見上げる。

「まだ一時半だよ」

約束は午後三時のはず。駅前にあるホテルのカフェで会うと言っていたから、三十分前に家を出れば十分間に合う。

「ああ。その前に駅の書店に寄ろうと思って」

それを聞いて、わたしの脳裏に一抹の不安がよぎる。

まさか本の入った袋をぶら下げてお見合いに行く気じゃないよね。気になる本をチェックしに行くだけだよね。

「いってきます」

わたしが注意を発する前に、裕二お父さんは行ってしまった。

……本当に大丈夫かな。

わたしは思わず立ち上がって、駅へと歩いていく裕二お父さんの後ろ姿を窓から見つめる。パリッと糊《のり》のきいたシャツにグレーのズボンを穿《は》いている。お見合いというより、まるで商談に行くみたいだ。

裕二お父さんは、あっちゃんパパみたいに気が利くタイプじゃない。だから、相手の女の人を怒らせてしまうかもしれない。向こうから断られたら、それはそれで複雑な気分だ。

裕二お父さんが完全に見えなくなってしまっても、わたしは外を眺め続けていた。

「沙織ちゃん、そんなに裕二のことが気になる?」

ひょっこり、あっちゃんパパが横から顔を覗き込んできた。

わたしは少しだけ、むすっとして答える。

「そりゃ、気になるよ。裕二お父さんと相手の人が意気投合したら、戸籍的にはわたしのお母さんになるかもしれないんだし」

「じゃあ、こっそりあとをつけてみましょうか」

こっそりあとを……。それって、尾行ってことだよね。

驚いて振り返ると、あっちゃんパパはいたずらを仕掛けるような顔で微笑む。

「場所は分かっているんだもの。二人で様子を見に行きましょう」

「でも、邪魔になっちゃうよ」

覗き見なんて、さすがに理性がブレーキをかける。

「大丈夫よ。こっそり見るだけだから。二階に来て、沙織ちゃん」

あっちゃんパパは手招きして、階段を上がっていく。どうして駅に行った裕二お父さんの様子を見るのに、二階に行く必要があるのだろう。

不思議に思いながらついていくと、あっちゃんパパは自分の部屋に入っていった。

わたしの部屋の向かいにあるあっちゃんパパの部屋は、いつ来てもごちゃごちゃしている。床にゴミや物が散乱しているわけじゃない。仕事の資料や画材がいたるところに置いてあるのだ。

イラストレーターの仕事部屋らしく壁には絵が飾られ、大きな机にはパソコンもあるけれど、あっちゃんパパは手書きで描いている。

それらに背を向けて、あっちゃんパパはベッドの横のクローゼットを開ける。

「あった。じゃーん。これで変装しましょう」

あっちゃんパパが取り出した物にわたしは目を見張る。

「それ。あっちゃんパパが着るの？」

ピンク色の細かなプリーツが入ったシンプルなスカートだ。

変装というよりも女装。確かに、あっちゃんパパは口調が女の人のようだけど服はいつも男性物だから、これを着れば裕二お父さんには気づかれないだろう。

だけど、あっちゃんパパは「もうっ」とわたしの肩を軽く叩く。

「わたしじゃなくて、沙織ちゃんが着るのよ！」

「ええッ⁉」

あまりに予想外なことに声がひっくり返った。あっちゃんパパはスカートを抱きしめ、夢見心地な表情で続ける。

「この前、秋月のおばあちゃんからいただいたワンピース、すごく素敵だったわ。でも、あれはパーティ用って感じだったし、普段着られるスカートが欲しいかと思って買っておいたのよ」

買っておいたのよって、わたしに無断で？　あっけにとられているうちにあっちゃんパパにスカートを押し付けられた。

「ほら。白いTシャツ着て、上にデニムのジャケットを羽織ったらいい感じだと思うわ。裕二には絶対バレないわよ。あいつ、こういうことには本当に鈍いんだから」

「う、うん」

スカートには戸惑うけれど、やっぱり裕二お父さんのことが気になる。あっちゃんパパがそう言うならと、スカートを穿《は》くことにした。

さらに、あっちゃんパパとわたしは途中にあるお店で新しい帽子を買ってかぶる。

これで少しうつむけば顔は見えないはずだ。

約束の三時より少し前。わたしとあっちゃんパパは、ホテルのカフェを窓の外からこっそり覗き込んでいた。

普段行くカフェとは違い、ラグジュアリーな大きなソファが置かれている。店員さんもバーテンダーのような服装で、お客さんも気品がある人ばかりだ。

「あ、あの人」

思わず声が出る。見覚えのある人が、窓際の席に一人座っていた。

たれ目で目元にほくろがある。今日は着物ではなく、白地に大きな花の柄のワンピースだ。上品な装《よそお》いで、ホテルの雰囲気にも合っている。ゆるふわな長い髪を金色の髪飾りでゆるくまとめていた。間違いなくあの女の人がお見合い相手だ。

あっちゃんパパがホテルの入り口を指さす。

「さっ。中に入ってみましょう」

「でも、さすがに裕二お父さんにバレちゃうんじゃ」

「ここでこうしている方が怪しいわよ。自然に振る舞っていれば大丈夫」

あっちゃんパパはカツカツと革靴を鳴らしてホテルの入り口に向かう。

「ま、待って！」

わたしは慌てて、あっちゃんパパの背中を追った。ホテルからカフェに入ると、店員さんからお好きなお席へどうぞと言われる。あっちゃんパパはさっさとあの女の人のすぐ近くの席に座った。この角度では向こうから顔は見えないだろうに、ついうつむいてしまう。

こんなに近くて大丈夫かなとは思うけれど、女の人はわたしたちの顔を知らない。バレるとしたら裕二お父さんだ。

「ねえ、沙織ちゃん。ここ、スイーツ美味しそうよ」

「あ。本当だ」

あっちゃんパパがメニューを見せてくるので、わたしもつい覗き込む。

フルーツで彩《いろど》られたケーキの写真が並んでいた。どれも魅力的で美味しそう。でもホテルのカフェだから、少しお高めだ。

「なんでも頼んでね。沙織ちゃんとデートなんて久しぶりだもの。それにほら、なにも頼んでないと不自然でしょ」

あっちゃんパパがそう言うので、わたしはベリーのタルトを、あっちゃんパパはモンブランを頼んだ。飲み物は二人ともブレンドティーだ。

「すみません。遅くなりました」

三時を少し過ぎてから裕二お父さんはやってきた。

遅れてきたのに、慌てる様子もない。しかも、手には書店のロゴが入った紙袋を持っていた。本当に書店に寄って買い物をしてきている。

これは印象が悪いと思いつつ、帽子を傾けた隙間から覗き込んだ。

「はじめまして、秋月裕二といいます」

「はじめまして、わたしは今村理香《いまむらりか》と申します」

女の人も立ち上がって挨拶する。女の人は理香さんというようだ。

「とりあえず座りましょうか」

裕二お父さんが座ると、布が擦れる音が聞こえる。あまりの近さに、今にもバレやしないかと心臓がバクバクした。

「お待たせしました」

頼んだスイーツと紅茶が運ばれてくる。わたしが頼んだベリーのタルトはイチゴやブルーベリーなどのフルーツがふんだんに盛られていた。あっちゃんパパのモンブランも、上品な見た目で美味しそう。

「すみません」

ごゆっくりと言われるのとほぼ同時に、裕二お父さんが店員さんに話しかけるから肩がビクッと震えてしまった。

「ホットコーヒーを一つ。それと、彼女におかわりを」

スマートに注文を終えて、すぐに裕二お父さんは理香さんに向き直る。

当事者でもないのに緊張しているわたしとは対照的に、あっちゃんパパは平然とした様子で紅茶を飲んでいた。あっちゃんパパが太鼓判を押した通り、裕二お父さんは全然わたしたちに気づいていないみたい。

運ばれてきたコーヒーを一口飲んだあと、裕二お父さんはカップをソーサーに置いて口を開く。

「あのすごく失礼な話なのですが。このお見合い、あまり乗り気ではないんです。父が勝手に持ってきた話でして」

本当に失礼な話だ。

裕二お父さんは来て早々、お見合いを断るような言葉を並べ始めた。

「それに結婚はしていませんが、実は娘がいるんです」

ダメ押しとばかりに、わたしの話までし始める。ここまで言われたら破談間違いなしだ。なんだか胸がモヤモヤする。わたしを理由にお見合いを断るなんて、都合よく利用されている気がするのかもしれない。

でも、予想に反して理香さんは安心したように息をついた。

「あらかじめ娘さんがいることは聞いています。でも、よかった」

理香さんの声は明るい。

「実はこのお見合い、わたしもあまり乗り気ではなかったんです。わたしも父が勝手に持ってきた話で、家も近いからって。そんな強引な理由だったんです。今は仕事の方が大事だっていうのに親が心配症で……」

ふふっと小さく笑う理香さんはさっきよりも肩の力が抜けていて、自然体だ。

「失礼ですが、お仕事は？」

つられたように、裕二お父さんが尋ねる。

「建設会社で働いています」

「設計の仕事かなにかでしょうか」

「いえ、家を建てる大工をしています」

大工と聞いて、わたしは思わず振り返った。

理香さんの五分袖から出ている腕は細く、とても大工仕事をしているとは思えない。

理香さんとバチッと目が合ってしまった。慌てて正面を向く。

裕二お父さんは驚きが混じった声で続けた。

「それは大変な仕事をしていますね」

「いえ。普通の仕事の一つです。でも女の人はやっぱり少ないですね。始めたのは二十五歳で、そのとき女性はわたし一人でした。今はもう一人女性がいるのですけれど」

「へぇ」

なにげないつぶやきだけれど、そこには裕二お父さんの理香さんへの興味がにじみ出ていた。

「まだ始めて間もないのですか？」

「そうですね。今二十九歳なので四年目です。まだまだひよっこだって、親方にはよく言われています。でももう二十代も終わりなので、親の方が焦っていて。それで手当たり次第に見合い相手を探したみたいです」

　確かに理香さんに焦った様子は見られない。

「そうでしたか。自分も似たようなものです。自分よりも親の方が歳や世間体を気にするものですよね」

　二人で微かに笑い合う。窓からの木漏れ日を浴びて、和やかな空気だ。わたしには恋愛経験がないけれど、二人の雰囲気は悪くないと思う。

　裕二お父さんと理香さんの会話は続く。

　甘酸っぱいベリーのタルトをつつきながら、わたしは聞き耳を立てていた。

　今度は住んでいる家の話になる。理香さんは裕二お父さんに持ち家があると聞くと、興味津々で質問していた。庭の石材の話とか、外壁の材料の話とか。わたしにはよく分からない、趣味の世界。

　けれど、大人二人の話は弾んでいる。

「家具を作ることもあるんです。この前作ったテーブルがいい出来で、秋月さんに見てもらいたいです。あー、写真を撮っておけば良かったな。でも、工場に来れば……」

理香さんは少しはしゃいでいる様子だったけれど、途中で言葉を止める。

「あ。さすがに、引きますよね」

恥じ入ったように、うつむく理香さん。確かになんだか積極的だったと、最後の一口になったタルト生地を咀嚼《そしゃく》しながら思う。

すると、裕二お父さんの優しい声がした。

「いいえ、たくましい女性は素敵ですよ」

「え……」

背中越しでは分からないけれど、理香さんはぽーっとしているんじゃないだろうか。それだけ裕二お父さんの言葉には破壊力があった。

しかし、自分のセリフに恥ずかしくなったのか、裕二お父さんは慌てて話題をそらす。

「そうそう。娘の母親もたくましい女性でした」

娘の母親という言葉に、場の空気が変わったのが分かった。

「あの、……娘さんを産んだときに亡くなられたという」

理香さんはすごく言葉を選んでいる様子だ。でも、裕二お父さんは軽い調子で返事をした。

「はい。彼女は元々同僚で、入社したときの自分の指導係だったんです。恥ずかしながら彼女が自分の初恋なのです」

そうだったんだ。指導していたというのは知っていたけれど、裕二お父さんの初恋の人だとは知らなかった。

「実は自分は昔少し太っていまして、女性とは全く縁がなかったんです。ずっと男子校だったこともありますけれど、社会人になってからもなかなか女性と気軽に話せなくて」

わたしは耳を疑う。裕二お父さんが昔太っていたとは知らなかった。

「少しどころか、かなりよ」

あっちゃんパパが、わたしだけに聞こえるようにつぶやく。かなりという言葉に、さらに驚いた。

「彼女はすごくたくましい女性でしてね。自分がミスをする度に叱って、でもカバーは必ず手伝ってくれました。迷惑をかけた仕事相手にも一緒に頭を下げてくれましたね。それで彼女は言うんですよ。あんたには必ずうちの社のエースになってもらうから。だから、今のうちにしっかり失敗しておきなさいって」

ハハッと裕二お父さんは声に出して笑う。

「彼女こそ会社のエースだったのですけれどね。とてもたくましくて、自分なんかにも期待してくれる優しい人でした」

美織お母さんのことを語る裕二お父さんはとても優しい声をしていた。その口調は十五年という時間が経過していることを感じさせない。

「やっぱりまだ美織ちゃんのことが好きだと思った」

あっちゃんパパがわたしの顔を見ながら言う。だから、裕二お父さんは結婚するつもりはないって断言していたんだ。

まだ美織お母さんのことが好きだから、他に好きな人を作るつもりはない。裕二お父さんの牽制とも思える言葉は、理香さんにとってあまり気持ちのいいものじゃなかったと思う。

「では、そろそろ」

裕二お父さんと理香さんは連絡先を交換することもなく、微妙な空気のまま別れた。

あっちゃんパパが伝票を持って立ち上がる。

「わたしたちも出ましょう」

「うん……」

わたしもあっちゃんパパに続く。

カフェのあるホテルを出て、駅の方に向かう。そのとき、ふと道の反対側を見た。

「ちょっと待っていて、あっちゃんパパ！」

わたしは駆け出す。

「あの！」

「はい？」

思わず勢いで声をかけたのは理香さんだ。すぐに帰ったかと思っていたけれど、橋の欄干に肘を乗せて、ぼんやりと川の流れる様子を眺めていた。

理香さんはこちらを振り返るけれど、誰だろうという顔をしている。

当たり前だ。向こうはわたしの顔なんて知らない。

「わ、わたし、秋月裕二の娘、です」

「あ。秋月さんの……」

いきなりお見合い相手の娘が現れて一瞬戸惑った顔をした。けれど、すぐに納得したように「ああ……」とつぶやく。

「いるとは聞いていたけれど、こんなに大きな娘さんだとは思わなかった。もしかしてお父さんが心配だった?」

優しい言葉でわたしを気遣ってくれる。

「わたしのお父さんが失礼なことして、ごめんなさい!」

わたしは直角に頭を下げた。お見合いに来て、自分の好きな人の話をするなんて、すごく失礼なことだ。

だけど、理香さんは繊細に微笑む。

「なにも失礼なことはなかったよ。最初からあまり乗り気じゃないってお互い言っていたし。……はっきり希望はないって言ってもらえてよかったかも」

やっぱり理香さんは裕二お父さんに少し気持ちが傾いていたのだろう。

わたしには、まだ恋なんてよく分からない。けれど、ぎゅっと心臓が縮むような感覚がした。

「でも、もう十五年も前のことなんです。母が亡くなったのは」

言い訳めいたことを言うのは、いい人すぎる理香さんに寂しげに川の水面を見ていて欲しくなかったからかもしれない。

それでも、理香さんは首を横に振った。

「……そう。それでも、ううん。だからこそ、秋月さんは忘れられないのかもしれないわね」

「でも」

わたしは裕二お父さんが女性と二人だけで話しているところを初めて見た。

はじめて会ったのにとても安らいだ雰囲気で、いい感じだと思った。

でも、美織お母さんのことを話す裕二お父さんはそれよりも幸せそうで。

――もう美織お母さんはどこにもいないのに。

そんな事実になんだか切なくなった。

「あの、連絡先！　連絡先を教えてくれませんか？」

思わずぐっと前に出てしまう。絶対に二人の仲をこれきりにしてはいけないと思った。

わたしの前のめりな要求に理香さんは目を瞬《またた》かせるけれど、すぐに微笑む。

「いいわ。でも秋月さんではなく、あなたに」

「わたしに？」

「ええ。なにか困ったことがあったら相談、ううん。いつでも好きなときに、どんなことでも電話していいからね」

きっと、男親ばかりだからと気にかけてくれているのだろう。

理香さんはバッグから手帳を取り出して、メモを書いて渡してくる。恐る恐る受け取ると携帯の番号が書かれていた。

「じゃあ、ありがとうね」

なぜかお礼を言って、理香さんは去っていった。

4

理香さんと会ったあと、裕二お父さんは「お相手の人に会ったよ。もちろん、それだけだ」とわたしに報告した。それ以降、話題には上らない。

わたしは理香さんに貰ったメモを大事に机の引き出しの中にしまった。

わたしはまだスマホを持っていない。

周りは持っている子の方が多いけれど、スマホを持つのは高校生になってからとどうしても二人が譲らなかった。なにか事件に巻き込まれてからじゃ遅いというのだ。なにをしているかスマホをチェックしてもいいと言っても、絶対に駄目だというのだから警戒心が強すぎる。

だから、電話をかけるとしたら家の電話だ。子機があるから誰にも話を聞かれずに部屋で電話することができるけれど、わたしはそれをしなかった。

はじめに相談するのは、理香さんではない。

「それで、どうだったの？　裕二お父さんのお見合い！」

興味津々。目をランランとさせて陽菜が聞いてくる。お見合い前はクールに振舞っていたくせに、その実、気になっていたらしい。

ゴールデンウイークが終わった翌日の昼休み。わたしと陽菜は机を向かい合わせにくっつけて、お弁当を食べていた。話を聞き出そうと身を乗り出す陽菜は、パックの牛乳をしわができるほど強く握っている。飛び出た牛乳の白いしずくがストローを伝った。

「綺麗な人だったし、すごくいい人だった。裕二お父さんとも話が弾んでいたよ。でも、次に会う約束もなにもなく終わったの」

「そうなんだ。でも、なんで沙織がいい人だって知っているの？」

当然の疑問だから聞かれると思っていたけれど、気まずくてわたしは少し視線をさ迷わせる。

「……実は、あっちゃんパパとこっそり見に行って、近くで会話を聞いていたんだ」

「え！　本当⁉」

ちょっと呆れられたのは、しょうがない。

「それで裕二お父さんと別れたあとにその人、理香さんっていうんだけど、理香さんに話しかけて連絡先を貰った。裕二お父さんじゃなくて、わたしにって」

「……なんで沙織に？」

　自分でもどうして連絡先を貰っているのだろうと思っているのだから、陽菜はもっと疑問に思うだろう。

「たぶん、わたしが――」

　男親ばかりで困ることもあるだろうから。そう言おうとしたら、横から口を出される。

「よほど秋月が不安そうに見えたんじゃないか」

　わたしの席で陽菜とお弁当を食べているので、隣には高田くんが座っていた。高田くんはパンを三つも買ってきて食べている。

「そんなことないと思うけどな」

　高田くんに聞かれて困る話でもない。けれど、不安そうだったと言われるのはなんとなく釈然としなかった。少しだけ不貞腐《ふてくさ》れたような声が出てしまう。

　それでも高田くんはメロンパンを食べながら続ける。

「いや、秋月はファザコンだ。見合いをするってなって、父親を相手に取られると思ったんだろ」

「そ、そんなことない！　わたし、ファザコンじゃないし！」

あんまりな物言いに思わず声が大きくなった。

高田くんはなにをもってファザコンだなんて言うのだろう。

「でも、行かなくてもいいのに見合いをしているのをわざわざ見に行ったんだろ」

わたしは、うっと言葉を詰まらせる。

「それは、あっちゃんパパが行こうって言うから」

メロンパンを平らげた高田くんは次に焼きそばパンを一口かじり、その焼きそばパンでわたしをさした。

「そもそも、そのあっちゃんパパっていうのが、ファザコンを感じる」

「それは同感」

高田くんに全面的に同意するように陽菜がうんうんと頷く。わたしは少しだけ頬を膨らませた。

「記憶がないぐらい子供のときからそう呼んでいるんだよ。今更変えるなんて不自然じゃない。あっちゃんパパはあっちゃんパパなんだから」

いきなり暁也お父さんなんて呼んだら、熱が出たと思われてしまうだろう。

わたしがそう主張しようとしたときだ。

「へーっ。秋月さんってファザコンなんだ」

声の方を向くと、古川さんたち派手なグループの三人が立っていた。

まるで自分が正義というように、腰に手を当てた古川さんを中心にして、後ろに二人並んでいる。

「ねえ、高田くん。ファザコンの秋月さんなんかより、わたしたちと放課後遊ばない？　たまにはゲーセンとか、カラオケとか行こうよ」

目的は高田くんのようだ。わたしは馬鹿にされているようだったけれど、黙っておいた。この人たちと事を荒立てても、いいことなんてない気がしたからだ。

でも、わたしがそう考えても向こうがそれを汲《く》んでくれるわけじゃない。

「放課後は忙しい」

高田くんはわたしたちと話していたときとは打って変わって、淡々とした口調で答える。それでも、古川さんはめげない。

「じゃあ、休みの日ならいいでしょ」

「休みの日もやることあるから。あんたたちみたいに暇じゃないから」

随分と棘《とげ》のある言葉を足したものだ。しつこく話しかけていた古川さんも、さすがに顔を真っ赤にする。

「なによ！」

古川さんの甲高い声に、教室中の視線が集まった。

「秋月さんは高田くんの家に入ったじゃない！　秋月さんは良くてわたしたちは駄目だって言うの⁉」

わたしを指さして大声で叫ぶ古川さん。すると、クラスメイトたちがざわつき始める。

「秋月さんが高田くんの家に？」

「もしかして、二人って付き合っているの？」

「最近、二人仲いいもんね。あやしー」

なんでもないのに、わたしと高田くんの仲を疑われている。さすがにこれは訂正しないといけない。

「違うよ。実は高田くんの家はわたしの家と隣同士なの。だから上がったたっていうのも、回覧板を持っていって家の人にお菓子を貰ったときぐらいなんだ」

古川さんやクラスメイトたちを見渡しながら、少し大きめの声で言った。「なーんだ」とクラスメイトたちの少しがっかりしたような声が聞こえてくる。

「……なぁ。俺、あんたに家を教えたことないんだけど」

尖った声と視線が古川さんを刺した。

確かにわたしが高田くんの家に行ったことを知っているということは、あそこが高田くんの家だと分かっていたということだ。

なにもないのに先生が教えたとは考えにくいから、たぶん――

「べっ、別にいいじゃない！　家ぐらい知っていても！　待ち伏せとかしているわけじゃないんだから！」

古川さんは顔をさらに真っ赤にして開き直る。

どう考えても高田くんのあとをつけたに違いなかった。取り巻きの二人も「そうだよ。別にいいじゃん」と言って同調する。あきれ顔で高田くんは額を押さえた。

「あのなぁ……。別にいいって、本気で思ってんの？　あんたたちがやったのは、人のあとを勝手につけるっていうストーカー。今回は見逃すけど、気持ち悪いから今後クラスでも近づいてくるなよ」

真っ赤だった古川さんたちの顔が一気に青くなった。

「な、なによ……」

握っている拳がフルフルと震えている。

「あんたのせいよ」

なぜかわたしが古川さんにキッと睨まれた。低い声がなんだか怖い。

「わ、わたし？」

「あんたが高田くんになにか吹き込んだんでしょ！　じゃないとなんでこんなにわたしが邪険にされるの⁉」

吹き込むなんて、とんでもなかった。

高田くんと話していて、古川さんのことが話題に上がったことはない。そう言おうとしたけれど、その前に古川さんが口を開く。

「あんたなんか、アバズレの娘のくせに」

――アバズレ？

アバズレということは女の人。その娘がわたし。

つまり、アバズレとは美織お母さんのことを言っているのだ。

古川さんの悪意がこもった目が、座っているわたしを見下ろしている。

どうして？　会ったこともないのに、わたしですら会ったこともないのに。自分のお母さんが蔑《さげす》まれて罵《ののし》られている。

なんだか遠くで耳鳴りがしているような気がした。

「おい！」

高田くんが目に怒りを浮かべて、古川さんを睨んだ。不穏な空気にクラスメイトたちがざわめく。

それでも古川さんは続けた。

「だって、そうでしょ。みんな知っているよ。秋月さんにお父さんが二人もいるって。生まれた子供がどちらの子供か分からないなんて、二人同時に付き合っていないとそういうことにはならないもの」

ふふんと勝ち誇ったように、古川さんは胸の前で腕を組む。

「でも、お父さんたち二人はお母さんのことがすごく好きで……」

小さく。ほんの小さく。わたしはなんとか言葉を吐き出す。

「好きかどうかは関係ないじゃない。普通、常識ある人なら告白されても一人は断るものだもの。案外、二人以外にも男がいて、弄《もてあそ》んで喜んでいたんじゃないの。そういうのをアバズレっていうの。知っていた、秋月さん？」

「ちょっと！　いい加減にしなよ！」

黙っていられないと陽菜が立ち上がる。その陽菜にさえ、古川さんは突っかかった。

「浜田さん、新聞部なら秋月さんのお父さんたちにインタビューして記事にしたら？　ほら、みんな遠慮しているけれど、本心では詳しいことを知りたいと思っているはずだもの。絶対話題になるよ」

「なに言って……、沙織⁉」

わたしはなにも言い返せなかった。

だけど身体は勝手に動く。立ち上がって古川さんの胸倉に掴みかかった。

その拍子にガタガタと机が鳴る。

「なにするのよ！」

金切り声をあげた古川さんに頭を掴まれるけれど離さない。

体格的にも体力的にも、わたしの方が圧倒的に有利だ。古川さんの胸倉を掴んだまま揺さぶる。

「なにも！　なにも知らないくせにッ……！」

声を絞り出しながら、悔しくて涙がにじみ出た。

わたしも誰かに語れるほど、美織お母さんのことを知らない。

裕二お父さんが首っ丈になるほどたくましいキャリアウーマンで、あっちゃんパパと同じで身寄りがなくて、わたしを産む前に二人と付き合っていた。

――たった、それだけ。

「ちょっと、沙織。やばいよ！」

「秋月！」

暴れるわたしの腕を陽菜が掴む。高田くんもなんとか止めようとした。

「離しなさいよ！」

「アバズレの娘は暴力女じゃない！」

古川さんの後ろにいた、取り巻き二人もわたしを引きはがそうとする。一瞬離されるけれど、また古川さんのセーラー服のスカーフを掴んだ。

そして、口を大きく開けて叫ぶ。

「訂正して！」

「なにを⁉　わたしは事実を言っただけじゃない！」

古川さんもわたしの頭を掴む手を離さなかった。

なにもかもが我慢できない。もう片方の手を思い切り振り上げる。

そのときだ。

「なにをしているの！」

クラスの誰かが呼んだのだろう。宮部先生が教室に駆け込んできた。

それが終了の合図だった。動きを止めたわたしと古川さんの髪はぐしゃぐしゃで、息も乱れている。散々な有様だった。


十分後。わたしは生徒指導室にいた。

机と椅子が二組あるだけの小さな部屋で、宮部先生と向き合って座っている。

「話は見聞きしていた子たちに聞きました。お母さんのことを侮辱されたのですってね」

宮部先生はゆっくりと話す。

わたしは宮部先生の顔を見られなくて、机の木目ばかりを見つめていた。

「確かに話を聞いた限り、古川さんが悪い。家庭の事情というのは、その家々で違うものだから。でもね。いくら相手が悪くても暴力は駄目よ。お互い怪我をしなかったとはいえ、わたしが行かなかったらどうなっていたか分かっているでしょ」

宮部先生の言う通りだ。先生が来なかったら、わたしは興奮のあまり古川さんを殴っていただろう。

「停学処分とはならないけれど、バスケ部の顧問の先生には報告しておくわね。しばらく部活はお休みすることになると思う」

「……はい」

自らが蒔《ま》いた種だ。悔しいけれど頷く。

「それと親御さんにも話しておくわ」

「えっ」

思わず顔を上げる。やっと見ることができた宮部先生は、憐《あわ》れむようななんとも言えない顔をしていた。

「話さないわけにはいかないでしょう」

確かにその通りだけれど、予想もしていなかったので動揺した声が出てしまう。

「でも古川さんが言ったことをお父さんたちが聞いたら、二人はすごく嫌な思いをすると……」

「娘がクラスメイトとトラブルを起こして知らない方が問題だわ。大丈夫。たとえ傷ついても子供のためならそれぐらい平気よ。それに、わたしも小学生の娘がいるけれど、なにかあれば悪いことでもなんでも知っておきたいと思うもの」

いつもはお姉さんのような宮部先生が母親らしい顔で微笑む。

「なんでも知っておきたい……。そう、そうですよね」

確かに家族のこと、それも重要だと思えることほど知っておきたい。

それなのに——

「ちょうど明後日が秋月さんの家庭訪問だから、そのときに話すわ。それと、ちゃんと古川さんには注意しておくからね。たぶん古川さんも部活はお休みするわ」

「……はい」

わたしはただ頷くことしかできない。生徒指導室から廊下に出ると、陽菜と高田くんが窓枠に背を預けて待っていた。わたしに気づくと、すぐに駆け寄ってくる。

二人の顔を見ると、なんだか涙が込み上げてきた。

「二人とも迷惑かけて、ごめんね」

震えるような声しか出てこない。

「迷惑なのは古川だ」

「本当にそうだよ！」

二人とも真剣な目でそう言ってくれた。

少し落ち着きを取り戻して、宮部先生に言われたことを話す。

「先生が古川さんにも注意しておくって。だから、今後は大丈夫。もしなにか言われても無視をすればいいと思う」

なるべく心配かけないようにと笑顔を作った。でも、そんな即席で作った元気はすぐに親友に見破られる。

「沙織、元気ないね。やっぱり言われたこと気にしている？」

わたしは素直に頷く。

「うん……、ちょっとだけ。今までこんなことあまり言われたことなかったんだけど、普通の人たちはあんな風に思っているのかなって思って……」

お父さんが二人いるということは、やっぱりわたしは普通の状況で生まれた子供じゃないということだ。

小学生の頃にこの町に引っ越してきたけれど、陰で悪い噂が流れていることはなんとなく知っていた。堂々と正面から言われることはなかったし、町に馴染《なじ》むにつれて噂も収まってきたと思っていたのだけれど——

「秋月」

高田くんが小さく、だけどしっかりとわたしを呼ぶ。

「そんな無関係な奴らの言うことなんて放っておけ。大事なのは、お前を傷つけようとしてくる奴らの言葉じゃない」

「そうだよ、沙織。なにを言われても、三人は仲良し家族じゃん。ずっと見てきたわたしが保証するよ」

陽菜も真摯な顔で頷いてくれる。

「……ありがとう、二人とも」

わたしのためにこんなに真剣になってくれる友達がいて本当に良かった。

お礼を言いながら、でも一体わたしは何者なのだろうと思っていた。

どんなお母さんのもとに、どんな風に生まれてきたの？　本当はあっちゃんパパと裕二お父さん、どちらの子供なのだろうか。

みんなが当たり前のように知っている自分のルーツ。

それが、わたしの場合あやふやなのだ。古川さんと争って改めて、知りたいという思いが膨らんできた。


気になるからといって、あっちゃんパパと裕二お父さんに直接聞くことなんてできない。二人があまり話したがらない美織お母さんの話を聞くことも勇気がいるし、二人のお父さんのうち、どちらが血の繋がっている本当の父親かは本人たちも知らない。

もちろん、ＤＮＡ鑑定をすればすぐにハッキリすることは知っている。

でも、それをしてしまったら、どちらかのお父さんが血の繋がりがないことも分かってしまう。つまり、三人のうち一人だけ『違う』ということになってしまうのだ。

だから、わたしから切り出すことなんて、とてもできなかった。

ぼんやりとすることが増えてしまった。朝ご飯のみそ汁をすすっていても、なんだか味がしない気がする。

「今日は家庭訪問か」

「え。あ、うん」

裕二お父さんが話しかけてきたけれど、反応が遅れてしまう。

「やっぱり、進路のことを聞かれるのか」

「ううん。終わった子たちの話だと一応確認されるだけで、ほとんど話さないって」

わたしの順番はクラスの最後なので、家庭訪問が終わった子たちの情報が入ってきていた。

「それよりも大事なことがあるでしょう。学校ではどんな様子だとか、なにか困ったことがないかとか。先生にちゃんと聞かないといけないわ」

あっちゃんパパが裕二お父さんにおかわりのご飯茶碗を渡して椅子に座る。

「ああ。そうだな。俺は仕事だから先生には会えない。暁也、沙織のことをしっかり聞いておいてくれ」

裕二お父さんが念を押すように言う。

「もちろんよ」

わたしはあっちゃんパパの返事を聞いて、憂鬱な気持ちになった。

宮部先生は家庭訪問のときに、わたしと古川さんがケンカしたことを話すと言っていた。どれぐらい詳しく話すかは分からないけれど、家庭訪問のあとには裕二お父さんにも伝わって、二人に嫌な思いをさせてしまうだろう。

わたしがケンカしたことも、美織お母さんが蔑《さげす》まれたことも。

どちらも、二人は歓迎しないことには違いない。モヤモヤした気持ちのままご飯を食べ終え、学校に向かう。あっという間に午後の授業が終わり、帰りのホームルームも終わった。

隣の席で帰宅する準備をしながら、高田くんが尋ねてきた。

「秋月は今日が家庭訪問か」

ソワソワと手遊びをしながら答えてしまう。

「う、うん。この前のことを言われるみたい」

「そうか。でも普段は大人しい秋月のことだから、内申点に響くってこともないだろ。大体、向こうが悪いんだし」

「あ。そっか、内申点に響くかもしれないんだ」

言われるまで思いもしなかった。怪我をさせたわけじゃないけれど、暴力的な問題を起こしたことは事実だ。

高田くんは安心したように言う。

「なんだ。気にしてなかったのか。じゃあ、大丈夫だな」

「高田くんはなにか言われた?」

わたしがそう言うと、高田くんは鞄のチャックを閉める手を止める。

「……やっぱ、高校には行った方がいいって。そう、ばあちゃんに告げ口された」

よほど嫌だったようで、眉間には深くしわが刻まれていた。

「クラスの誰かが先生に言いやがったんだ。余計なことをしやがって。ばあちゃん、泣いて高校行けって言うんだ。中卒じゃろくな仕事ないからって」

いつもお日様のような笑顔のおばあちゃんが泣いている姿なんて想像できない。けれど、おばあちゃんにそうまでされたら、高田くんの固い心だって揺れ動くに違いない。

「それで、高田くんは」

「ああ。高校には行かない。自立する」

鞄のチャックを最後まで閉めて、高田くんは肩にかける。

「……そっか」

少しだけガッカリしてしまった。もちろん就職自体が悪いわけじゃない。けれど、高田くんは就きたい職があるわけじゃなくて意地になっているだけな気がする。

それを直接、本人には言えないけれど――

「じゃあ、俺買い物に行くから」

高田くんはいつものように少し急ぎ足で教室を出ていった。

わたしはというと、謹慎中で部活はない。陽菜は新聞部の活動があるし、わたしも家庭訪問があるから真っ直ぐ家に帰った。セーラー服からデニムとTシャツに着替えて、宮部先生を待つ。

約束の午後五時になったけれど、家のインターホンは鳴らない。

「先生、遅いわね」

「最後の最後だもん。前の人が押していたら、うちに来るのは遅くなると思うよ」

あっちゃんパパも手持ち無沙汰にしている。

わたしはテーブルの上に置かれているクッキーに手を伸ばした。あっちゃんパパのお手製クッキーだ。わたしが帰ってくる前に作ったようで、まだ少し温かい。

「あんまり食べすぎないでね。お夕飯が入らなくなっちゃうし、先生の分がなくなるでしょ」

そうはいっても出来立てのクッキーは香ばしくて止まらない。それになにもしないで待つことは、とてもできなかった。

五時を五分ほど過ぎたときに、ピンポーンとチャイムの音が鳴る。

「はい」

わたしがインターホンに出ると、やはり宮部先生の姿が映っていた。

学校にいたときの灰色のスーツとは違う、薄黄色のスーツとスカートを着ている。少しだけよそ行きの姿だ。

「こんにちは。三年三組の担任の宮部希《のぞみ》です」

「宮部先生、どうぞ。今行きます」

わたしとあっちゃんパパは玄関に向かい、ドアを開ける。宮部先生が頭を下げた。

「すみません。遅くなりました。改めまして、沙織さんの担任の宮部希です」

あっちゃんパパもにこやかに笑って、お辞儀をする。

「はじめまして。沙織の父親の早坂暁也です。どうぞ、おあがりください」

「失礼します」

あっちゃんパパがスリッパを置くと、宮部先生は家に上がった。クルリとあっちゃんパパがわたしを振り返る。

「じゃあ、沙織ちゃん」

「えっ、なに？」

あっちゃんパパがなにかを促《うなが》すような顔をしている。だけど、わたしにはそれがなにか分からなかった。

「ほら。沙織ちゃんがいたら、お話ししにくいこともあるでしょ」

「あ。そうだよね」

家庭訪問は、いつも担任の先生とあっちゃんパパだけが話す。わたしは先生を待たずに出かけているのが常だった。

「えっと。じゃあ、わたしは陽菜の家にでも遊びに行くね。それじゃ、先生ゆっくりしていってください」

わたしは靴を履いて、家を出る。二人に言った通り、陽菜の家に行こうと門を出た。

この時間なら新聞部の活動も終わっているだろう。

でも、少し歩いたところで足を止める。

宮部先生はどんな風に古川さんとの件を話すのだろう。それにあっちゃんパパは、どういう反応をするのだろう。

気になってしょうがない。わたしは回れ右をして、再び家の門をくぐる。そろりそろりと足音を立てないように、庭に回った。

少し暑くなってきたけれどクーラーをつけるほどじゃないから、リビングの窓が開いている。わたしは二人から見えないように、壁に張り付いた。あっちゃんパパと宮部先生の声が聞こえてくる。

わたしは耳をそば立てた。

「そうでしたか。近頃元気がないと思っていましたが、そんなことが」

微かにだけれど声が聞こえてくる。

もう宮部先生は古川さんのことをあっちゃんパパに話したみたいだ。

「わたしから本人に話しておきます。暴力は駄目だけれど、あなたは間違っていない。あなたのお母さんは素晴らしい人だったって」

あっちゃんパパの言葉に少しだけ胸をなで下ろした。

宮部先生が続ける。

「そこは秋月さんも、分かっていると思います。でも、それ以上に言われた言葉をすごく気にしていると思います。お父さんも心のケアをしてあげてください」

「はい。もちろんです」

あっちゃんパパの声は力強い。

「あの、すごく差し出がましいことだと思うのですが……」

宮部先生の迷うような声がする。

「一意見として受け取ってください。わたしは今の不安定な状態でいるよりも、もしかしたらどちらの子供かはっきりさせた方が、秋月さんのためになるのかもしれない。今回の一件で、そう思ったんです」

まさにわたしが考えていたことだったのでハッとした。

「秋月さんも言葉に出さなくても気にしているかと思います。つまり……」

「DNA鑑定をした方がいいと言うのですね」

あっちゃんパパの言葉に息を呑んだ。もっとよく聞きたくて思わず前のめりになる。

「わたしにはハッキリしたことは言えません。ただ、秋月さんも、結果を受け止められる年齢だと思います。ご家族で相談して、よろしければの話ですが……」

わたし自身は調べて欲しいと思っている。これまでDNAを調べようとしなかったのは、二人のお父さんたちだ。もしかしたら、わたしが言い出したら、調べてくれるかもしれない。家族のうち一人だけ血が繋がらないことがはっきりしてしまうけれど。

だけど、わたしの淡い期待はすぐに裏切られる。

「その必要はありません」

あっちゃんパパはキッパリと言い切った。やっぱり、誰か一人だけ血の繋がりがないことが判明するのは嫌なのかもしれない。

それも、仕方ないのかな——、そう思った次の瞬間だ。

「沙織ちゃんはわたしと血が繋がっていませんから」

予想外の言葉に耳を疑う。思わず家の中を覗き見た。

あっちゃんパパは穏やかな顔をしていて、とても嘘を言っているようには見えない。

真正面にいる宮部先生は息を呑んで固まっていた。

あっちゃんパパはゆっくりと語り始める。

「沙織ちゃんの母親、美織という女性なのですが、彼女はわたしより九つ年上でした。彼女とわたしは身寄りのない子供が集まる施設で一緒に育ちました。といっても、一緒だったのは彼女が高校生の三年間だけでしたけれど」

　このあたりはわたしも知っている話だ。

「彼女は施設を出て大学に行き、就職したあともちょくちょく施設に顔を見せていました。子供たちも懐いていて。面倒見のすごくいい人だった。だけど、わたしは一人反発してしまったのです。中学生になったら、ちょっとやんちゃになっていまして」

　当時を思い出したように、くすりと笑うあっちゃんパパ。

「酷い言葉で罵《ののし》っていたのに、美織ちゃんは全然気にしない素振りで困ったことがあったらわたしを頼りなさいって顔を合わせると、そればっかり」

　優しい口調で言うあっちゃんパパの言葉には慈愛が満ちていた。裕二お父さんだけじゃなくて、あっちゃんパパも本当に美織お母さんのことが好きだったんだ。

「それでわたし、本当に頼っちゃったんですよ。育った施設から東京に鞄一つで出てきて。美織ちゃんの家に上がり込んだんです。わたしが十八のときです」

　東京で一緒に暮らしていたなんて、聞いたことのない話だ。

「あの、……とても失礼ですが、そのときは」

「男女の関係なんてありませんでした」

決定的な言葉だった。わたしは両手で口元を覆《おお》う。

あっちゃんパパは最初から分かっていたんだ。わたしと血の繋がりがないことを——

「家とご飯が自分でなんとかできるまでは面倒みてあげるって言われて、それに甘えてしまったんです。イラストの勉強をしながら、バイトをしていました。とても忙《せわ》しない日々でしたし、美織ちゃんもその頃は仕事で忙しそうでしたね。ただ、そんな折に彼女は妊娠して。でも、父親が誰かはずっと言いませんでした」

「でも、それならどうして父親だと名乗り出たのですか」

わたしの疑問を代弁するかのように、宮部先生が尋ねる。

「そうですよね。当然、疑問に思いますよね」

深く頷いたあと、あっちゃんパパは続ける。

「美織ちゃんが事故で亡くなり、わたしが一人赤ん坊を抱えて途方に暮れているときに、名乗り出た男——本当の父親がとても頼りなく見えたのです。わたしもまだ十八でしたけれど、それでもこんな奴に任せられるかと意地になって、いいや、自分が父親だと手を挙げました。実際、子育てはとても大変で。仕事が忙しい彼一人での子育ては難しかったでしょう。嘘でも名乗り出てよかったと今は思っています」

そうだったんだ。突然知った真実に、どんな言葉も思い浮かんでこない。

「このことは、沙織ちゃんの十五歳の誕生日に話すつもりです。なんで黙っていたんだって、二人には怒られそうですけれど」

話は全て終わり。わたしはゆっくりとその場を離れて、ぐっと目の端を拭った。

知りたかった、わたしのルーツ。あっちゃんパパが言うことが本当なら、お母さんが美織お母さんで、お父さんが裕二お父さん。

5

元々、二つに一つの可能性だった。だから、そんなに驚くことじゃない。

ハッキリと分かっても、まだ夢の中の出来事のような気がする。お父さんが裕二お父さんなら、おばあちゃんとおじいちゃんも、本当に血の繋がった祖父母ということだ。

もし本当のことを聞いたら、二人はどんな顔をするだろう。

それよりも、まずは裕二お父さんだ。わたしの誕生日にあっちゃんパパから聞かされたら、裕二お父さんも驚くはず。あっちゃんパパと自分のどちらかが父親だと思っているだろうから。なんで言わないんだって、あっちゃんパパを責めるかもしれない。

そのとき、あっちゃんパパは――

「どうしたの、沙織ちゃん。パパの顔を見たりして」

台所で筑前煮をお皿に盛っているあっちゃんパパの横顔をついジッと見てしまっていた。

「ううん。なんでもない」

「そう？　じゃあ、お皿並べるの手伝ってね」

筑前煮がのったお皿をテーブルに運んでいく。

あっちゃんパパの態度は普段と変わらない。わたしが先生との話を聞いていたことには気づいていないのだろう。

そういえば、あっちゃんパパはわたしに古川さんとの一件のことも言わない。裕二お父さんが帰ってきたら話すのだろうか。

「ただいま」

声と共に玄関が開く音がした。裕二お父さんが帰ってきたようだ。いつものようにネクタイを緩めながら、リビングに入ってくる。二人でおかえりと返すと、裕二お父さんから切り出す。

「どうだった。家庭訪問は」

「ええ。すごくいい先生だったわよ。沙織ちゃんも、学校で授業に部活にと頑張っているみたい。すごく優しい子に育ってくれていて、むしろ安心したわ」

あれ？　古川さんとのことは言わないのかな。

そう思ってあっちゃんパパを見ると、わたしにウィンクを投げてきた。裕二お父さんには言わないでくれるみたい。きっと気遣ってくれているのだろう。

わたしもホッと息をつく。三人で食卓について、「いただきます」をする。筑前煮の蓮根をつまんでいると、あっちゃんパパが口を開いた。

「沙織ちゃん。宮部先生が言っていたわ。目標に向かって努力できる子だって。沙織ちゃんが美織ちゃんみたいに真っ直ぐに育ってくれて嬉しいわ。それにちゃんと自分のことを分かっている子。パパの自慢の娘、パパはずっと味方よ」

あまりに褒めるからなんだか恥ずかしくなる。宮部先生が言った通りフォローしてくれているんだろうけれど、言いすぎだよ。

「確かに真っ直ぐなところは美織さん似だな」

裕二お父さんも頷いた。そんなにわたし、真っ直ぐな性格かな。頭の中ではあれこれ考えているけれど、外から見たらそう見えるのかも。

　でも、美織お母さんと似ていると言われると嬉しかった。

　それにしてもと、わたしは正面にいる裕二お父さんを見つめる。あっちゃんパパはこの人には任せられないと思って、自分が父親だって名乗り出たんだよね。

　そんなに頼りなく見えるだろうか。確かに、たまに靴下はリビングに脱ぎっぱなしだったり、ビールを飲んでソファで寝てしまったりすることもあるけれど。仕事はできるみたいで同僚の人からも慕われている様子だし、有給もキッチリ取って家族サービスもしてくれる。

　頼り甲斐のある、父親らしいお父さんだ。

「どうした、沙織。俺の顔になにかついているか？」

「う、ううん。なにもついていないよ」

　でも、わたしが生まれたとき、必要だったのはお母さんだ。

　あっちゃんパパがその役割をしてくれている。家事はもちろん、小さいときにずっと一緒に遊んでくれていたのはあっちゃんパパだ。

　幼稚園生や小学生のとき、家に帰ると必ずあっちゃんパパがいた。その頃はそれが普通だと思っていた。けれど、あっちゃんパパだって仕事がある。

だから、わたしが学校に行っている間に、イラストレーターの仕事をしたり取引先の人と会ったり。それでも休日は必ず家で一緒に過ごしてくれていた。

当たり前のことじゃなくて、あっちゃんパパがちゃんと調整していたんだ。その証拠に中学生になると、仕事で家を空けることもあるようになった。

わたしがしっかりしてきたと思ったのだろう。なんだかあっちゃんパパにすごくお礼が言いたくなる。

「あっちゃんパパ」

隣にだけ聞こえるように、小さく声をかける。

「なに？　沙織ちゃん」

「ありがとう」

「ふふっ、いいのよ」

もしかしたら、裕二お父さんに古川さんのことを言わないでいてくれることにお礼を言ったと思ったのかもしれない。でも、今はそれでもいい。

わたしの誕生日。六月十五日になったら、あっちゃんパパが自分は父親ではないと告白するだろう。それまでは知らない振りをしている。フライングで聞いて、ごめんなさい。

でも、そのときは改めてあっちゃんパパに育ててもらったお礼を言おう。

あっちゃんパパには言えないけれど、誰かに聞いて欲しい。この夜、我慢ができなくなって、わたしはダイニングに置いてある電話の子機を取った。

「どうしたんだ、沙織？　こんな時間に電話か？」

廊下に出るとタイミング悪く、お風呂から出てきた裕二お父さんと鉢合わせてしまった。

「陽菜と電話する約束していたんだ。それにこんな時間っていっても、まだ九時だよ」

あらかじめ用意していた言い訳を連ねる。

「それもそうだな。だけど、あまり長電話をするなよ」

わたしは「うん」と頷いて、階段を駆け上がった。

部屋に入ると、すぐに机の引き出しを開ける。電話番号が書かれたメモを取り出した。裕二お父さんとお見合いをした理香さんの携帯の番号だ。

ベッドの端に座って、ドキドキしながら番号を押す。四コールぐらい鳴ると、電話が通じた。

「はい。もしもし」

少し硬い理香さんの声。たぶん知らない番号からの電話だからだろう。

わたしも心持ち緊張した声で答える。

「も、もしもし。わたし、秋月沙織です」

「ああ、秋月さんの娘さんね。沙織ちゃんっていうの」

ほっとしたように理香さんが言う。そういえば、電話番号を教えてもらったのに名乗っていなかったかもしれない。

「どうしたの？　なにか困ったことでも起きたの？」

「いえ、その……ただ話を聞いて欲しくて」

わたしは学校で起こったこと、家庭訪問であっちゃんパパが語ったことを理香さんに話した。

本当ならこんなこと、父親のお見合い相手に話すことではないかもしれない。

でも、陽菜や高田くんに話すのは気が引けた。二人が他の人に話してしまうとは思わないけれど、どこかで誰かが聞いているかもしれない。

せめて、あっちゃんパパがわたしたちに話してくれるまでは待たないといけない。だから、あまり接点のない、だけど信用できる理香さんに聞いてもらうことにしたのだ。

電話の向こうの理香さんはときどき相槌を打ちながら、話を真剣に聞いてくれる。

「だから、わたしは……、裕二お父さんと血の繋がった親子なんです」

そこまで言い切って、やっと肩の力を抜いた。

「そうだったの。よかったわね」

理香さんは本当に祝福するように言う。けれど、わたしは少し疑問に思った。

「よかったのでしょうか」

「秋月さんと血の繋がった親子で嬉しくないの？」

嬉しくないわけじゃない。でも――

「あっちゃんパパは自分が父親じゃないって告白して、どうするつもりなのかなって思って……」

ただ事実を伝えたいだけなら、まだ一緒の生活が続く十五歳じゃなくて、高校を卒業するときとか、二十歳になったときとかに話す方が自然な気がする。

「もしかしたら、わたしがある程度自分のことをできるようになったから……」

あっちゃんパパに料理や洗濯、掃除などは教えてもらっていた。だから、わたしも家事は一通りできる。

自分は戸籍も違う、血の繋がりがないから自由になりたい。

そんなことを言い出してもおかしくない。そう言われたら、わたしはどうすればいいだろうか。行って欲しくないけれど、止められるとも思えなかった。

理香さんは微かに笑う。

「そんなの大丈夫よ。きっと」

「え？」

「沙織ちゃんはとても大事に育てられているみたいだから、大丈夫。それに二人とも好きな人と別れる辛さは嫌というほど知っているはずだから」

「あ……」

もちろん、美織お母さんのことだ。

理香さんとの会話で、裕二お父さんがまだ美織お母さんのことが好きだと分かった。

あっちゃんパパも同じだ。宮部先生との話でよく分かった。

「もし暁也さんが出ていこうとしても、沙織ちゃんが行かないでって、泣いて抱きつけば出ていく人なんていないと思う」

少しおどけた口調の理香さんにわたしはクスリと笑う。

「家出息子とお母さんみたいじゃないですか」

「あら、本当ね」

しばらく二人でケラケラと笑っていると、ドアをコンコンとノックする音がした。ドアは開かずに声だけかけられる。

「沙織。まだ電話しているのか。ほどほどにしておきなさい」

裕二お父さんの声だ。口元に手を当てて、声が漏れないように気を付ける。

「じゃあ、理香さん。そろそろ」

「ええ。また、いつでも電話してきてね」

電話して良かった。すごく胸がスッキリしている。

わたしは「ありがとうございます」と言って電話を切った。電話の子機を戻しに行こうと部屋から出ると、裕二お父さんが立っていた。

「楽しそうだったな。笑い声が廊下まで聞こえてきたぞ」

「え、う、うん。陽菜と話すのはいつだって楽しいよ」

「早く寝るんだぞ」

裕二お父さんはポンポンとわたしの頭を叩いて、自分の部屋に入っていった。

さすがに相手が理香さんだとは気づいていないよね。咎められるようなことはなにもしていないつもりだけれど、少しだけ悪いことをしている気分になった。


わたしの誕生日のほぼ一か月前。五月十二日、日曜日。

わたしは出かける前にリビングに顔を出す。

「それじゃ、いってきます」

「あら！　新しいスカート。どうしたの、沙織ちゃん」

わたしはあっちゃんパパが買ってくれた、ピンク色のスカートを穿《は》いていた。少し照れるけれど、今日ぐらいはいいかなと思ったのだ。

「うん。美織お母さんにも見せようかなって思って」

この日は五月の第二日曜日、母の日だ。

裕二お父さんも読んでいた新聞から顔を上げて言う。

「美織さん、きっと喜ぶぞ。気を付けていっておいで」

　裕二お父さんとあっちゃんパパに見送られて、わたしは墓地に向かった。それほど遠くないしお花を買うので、自転車ではなく歩いていく。

　少し遠回りをして商店街の生花店に立ち寄った。緑色のエプロンをしたいつものお姉さんが「いらっしゃいませ」と迎えてくれる。

　買うのはやはりカーネーションだ。母の日ということで、いつもよりたくさん仕入れられている。

　赤にピンク、黄色に白。色も濃さも様々で、どれを買おうか目移りする。無難に赤一色にしようか。それともピンクとまぜて華やかにしようか。それとも数種類の色を一本ずつ集めてみようか。

「秋月。難しい顔をしてなにをしているんだ」

　声に振り返ると、高田くんが後ろに立っていた。驚くことに半そでのTシャツを着ている。五月の上旬で日差しが暖かいとはいえ、さすがに早すぎないだろうか。

「なにって、母の日のプレゼントを選んでいるんだよ」

「ああ。今日って母の日か」

この様子だと意識にも上がらなかったみたい。カレンダーは見ないのかな。

「母の日かって……。高田くん、いつもはなにかしないの？」

「どうせ、日曜も仕事で、ゆっくりする暇もない人だったからな。引っ越してから全く会ってもいないし」

「……そうなんだ」

高田くんの両親は離婚している。おばあちゃんの家が母方か父方かは分からないけれど、息子の高田くんに会いにも来ないのはすごく寂しい話だ。

「そう、暗い顔をするなって。母の日ってことは、暁也さんにプレゼントするんだろ。台所にも飾れる鉢植えにしたらどうだ」

高田くんは小ぶりな赤いカーネーションの鉢を指さす。わたしは首を横に振る。

「お墓に飾るから切り花じゃないといけないんだ。あっちゃんパパには父の日にプレゼントを渡すし」

幼稚園のときの母の日に、あっちゃんパパの似顔絵を書いたら「パパはお父さんだから父の日にちょうだいね。母の日にはお母さんとお話ししないと」と言われたのだ。

それから、母の日は毎回美織お母さんのお墓参りに行っている。小学生の高学年からは、わたし一人で行くようになった。

高田くんはあごに手を当てて考え込む。

「……秋月一人で行くのか。なあ、俺も付いていってもいいか？」

「え。でも、ただのお墓参りだよ」

他人の家のお墓に行っても、つまらないだろう。そもそも、お墓自体が楽しいものではない。

「うん。ちょっと秋月と話したいこともあるし」

「分かった」

改まって話ってなんだろう。わたしはピンク色のカーネーションを五本ずつ二束買った。そのまま高田くんと二人、並んでお墓に向かう。

「へぇ。景色のいいところにあるんだな」

着くなり高田くんは言った。やっぱり真っ先に海に目が行くみたいで、額に手を当てて景色を眺めている。

「うん。裕二お父さんとあっちゃんパパが、すごく探したんだよ」

わたしはカーネーションをお墓の花立てに生ける。掃除は高田くんも手伝ってくれた。お線香に火を点けて、二人で手を合わせる。

――美織お母さん。お母さんも知らなかった真実が分かったよ。

ううん。お母さんは最初から知っていたよね。裕二お父さんが本当のお父さんだって。

美織お母さんは古川さんが言っていたみたいにたくさんの男の人と付き合っていたわけじゃなかった。きっと、裕二お父さんが勤め始めてすぐのことだったから、黙っていたんだ。疑っていたわけじゃないけれど、以前は二人と付き合っていたって思っていたから、そうじゃないことが分かって、少しだけほっとした気がする。

一通り話し終えて顔を上げると、高田くんがこっちを見ていた。

少し戸惑ったように尋ねてくる。

「なあ、こんなときなにを話しかけるんだ」

「美織お母さんに?　えっと、いつもわたしを産んでくれてありがとうって言っているよ」

今日話したことは、まだ高田くんにも言えない。だから、いつも話していることを答えておいた。

そういえば、高田くんの話ってなんだろう。

「高田くん」

聞いてみようと話しかけると、「沙織ちゃーん」とわたしを呼ぶ声がする。

「あら。千晴くんじゃない」

振り返ると、あっちゃんパパが坂道を上ってきていた。高田くんに気づくと、にこやかに手を挙げる。高田くんもぺこりと頭を下げた。

「暁也さん、こんにちは」

「どうしたの、あっちゃんパパ」

毎年、母の日はわたしが一人で来る。けれど、あっちゃんパパの手には花束が抱えられていた。

「母の日でしょう。お世話になった女の人は美織ちゃんぐらいだから、パパもお花を持ってきたの」

少し強引な理由だと思う。きっと例の件があったから、わたしと接する機会を増やそうとしているのだろう。

「母の日って、お世話になった人にプレゼントを渡す日でしたか？」

でも、少し鈍い高田くんは、あっちゃんパパの行動を疑問に思ったみたいだ。あ、でも

「気持ちの問題よ。千晴くんもおばあちゃんになにか渡したらどうかしら。あ、でも

敬老の日の方がいいかもしれないわね」

あっちゃんパパはテキパキとお花を生けていく。カスミソウが入っているので、わたしのカーネーションだけだったときより、すごく華やかになった。

線香に火を点けて、手を合わせるあっちゃんパパ。

そして目を開けると、いつものようにお墓に話しかけ始めた。

「美織ちゃん。もしかして、千晴くんが沙織ちゃんの彼氏だと思った？　ふふ、残念だったわね。まだ、お友達みたいよ」

「まだは余計だよね」

こっそり話しかけると高田くんは頷く。あっちゃんパパは聞こえないふりをして続けた。

「でも美織ちゃんの前に、男の子を連れてくるぐらい大きくなったのよね。いつも思うの。美織ちゃん、沙織ちゃんを産んでくれてありがとう。自分の命までかけなくたっていいって、産むべきじゃないだなんて、沙織ちゃんを産むときに言っちゃった

けれど……。今はすごく感謝しているわ。沙織ちゃんは家族の宝物。宝物をわたしたちに預けてくれて、ありがとう」

「あっちゃんパパ……」

あっちゃんパパが本当に感謝していることが伝わってくる。

わたしは当時のことは知らない。美織お母さんが事故に遭って予定日より早く産まざるを得なくなったときに、病院ではたくさんの葛藤《かっとう》があったに違いない。命の選択だってしないといけなかった。その上で、美織お母さんは自分じゃなくて、赤ん坊のわたしを選んだんだ。

なんだか涙が込み上げてくる。

横で高田くんがポソリと言う。

「やっぱり、子供を産むって大変なことなんだよな……」

わたしとあっちゃんパパは振り返って高田くんを見た。彼は眉間にしわを寄せて、ゆっくりと話し始める。

「昨日、電話があったんだ。……母さんから」

「お母さんから？」

高田くんの両親は離婚していて、一緒には暮らしていない。お母さんからも放っておかれているようなことを言っていたけれど。

「高校に行かないなんて、とんでもない。なんのために千晴を産んだと思っているんだって言われて。それで俺、カッとなっちゃって。今まで放っておいて、そっちこそなんのために産んだんだって言い返したんだ」

親子の、泥沼と言ってもいいような応酬だ。こんなことを聞いてもいいのだろうか。

「でもさ」

高田くんは緊張を解くように息を吐く。

「そうしたら、しばらく沈黙があって泣きながら謝られたんだ」

「お母さんから?」

わたしの言葉に深く頷く高田くん。

「母さん、俺を産んだとき育児ノイローゼだったらしい。父親は育児とか全く関心のない人間でさ。秋月んとことは正反対だよな」

「千晴くん」

あっちゃんパパも初めて聞くだろう話の内容に心配そうにしている。

けれど、高田くんは思ったよりも晴れやかな顔をしていた。

「だからさ。母さんも一人の人間だったんだなって、このときやっと分かったよ。ずっと一人で悩んでいたんだ。俺を保育園に預けて仕事復帰してから、なんとか自分を取り戻した気がしたって言っていた」

「でも」

「ああ。それと俺を放っておいたのは別の話だよな。でも、離婚してやっと俺の寂しさに気づいたって、できれば少しずつでも一緒に過ごす時間を増やしたいって言ってきたんだ」

以前の高田くんの話だと、あまり子供のことを考えていない親だと思っていた。だけど、お互いすれ違っていただけで本当の気持ちはきっと違ったんだ。

「なんか、不器用な人だよな」

高田くんは揺れる瞳で言う。高校に行かないと意地を張っていた高田くんと高田くんのお母さんはなんとなく似ている気がする。

あっちゃんパパは微笑を浮かべて頷いた。

「すごく千晴くんを想っているお母さんだと思うわ。子供って産むだけでも、すごいことなの。しかも、千晴くんやわたしにはできないこと。——うん。お母さんともっともっと話してみるべきかもしれないわね」

わたしも、あっちゃんパパの言う通りだと思った。きっと二人で話し合う時間が、大切なものになっていくに違いない。

少し考え込んでから、高田くんは頷く。

「今日、また電話してみます。……母の日だから」

それから、三人でゆっくり歩いて帰る。途中で高田くんはなにか形が残るものを贈りたいからと一人で商店街に向かった。

「きっと上手くいくよね」

「そうね」

あっちゃんパパとそう話しながら、わたしたちは家路につく。

次の日の学校では高田くんに県内の高校のことを聞かれた。就職じゃなくて進学する気になったみたいだ。男子バスケが強いところを教えたけれど、バスケ部があるならそれでいいと思っているみたいだった。

「沙織！　やっと部活復帰だね！」

放課後、バスケ部の部室に行くと静夏が大声で迎えてくれた。

「うん。ごめんね。大事な時期に抜けちゃって」

「本当だよ。試合前の大事な時期なのに一週間も抜けるなんてさ。でも、これからはバリバリ練習してもらうからね」

「うん！」

バスケ部の謹慎も解けて、これでなにもかも元通りだ。

一週間もバスケをしていないなんて、身体がなまっている気がする。念入りに柔軟体操をして、練習を始めた。

――そして、わたしの十五歳の誕生日ももうすぐやってくる。


あっちゃんパパが本当のことを話しても、きっとなにも変わらない。

そんな根拠のない自信があった。理香さんが大丈夫だと言ってくれたことも心強いし、お墓でのあっちゃんパパの言葉もわたしに自信を持たせてくれる。

わたしたち三人家族は、これまでの三人家族のままだ。

五月はあっという間に過ぎた。バスケの県大会も始まる。わたしたち丸花中女子バスケ部は順調に勝ち上がり、ベスト8まで来ることができた。

六月になって梅雨《つゆ》に入る。雨の日は自転車には乗れなくて、徒歩通学になった。

この日は靴の中に水が染みるほどの大雨で、たまたま一緒になった高田くんと水色と黄緑色の傘を並べながら下校した。通学路には薄紫色の大きなアジサイが咲いている。

「それなら高田くん、東高《ひがしこう》に決めたんだ」

お互いの顔を見ず、前を向いたまま会話をする。

「ああ。バスケ部もあるし、学力的にも釣り合っているからな。宮部先生もそこがいいんじゃないかって」

「東高で学力が釣り合っているって、やっぱり高田くん、頭いいんだ。わたしの第一志望は南高。女バスが強いからね。陽菜は放送部のある私立の女子高を受けるって」

高田くんは少しだけうつむいて沈黙する。

「……別々の学校になるな。大丈夫か？」

「え？　なにが？」

高田くんの方を見るけれど、水色の傘に阻まれて表情は見えない。

「高校生になったら言われるだろ。どうして、父親が二人いるんだって。それこそ古川みたいに」

「ああ。中学になるときも言われたから慣れているよ。それに、うん。大丈夫」

これからは誰に対してもハッキリと言える。

血の繋がったお父さんは裕二お父さん。あっちゃんパパは、わたしたちのことを心配して一緒にわたしを育ててくれたお父さん。なにも後ろ暗いことはない。

「なにかあったら言えよ。家もすぐ隣同士なんだからさ」

「うん。ありがとう。また明日ね」

家の前に来ると、高田くんと別れる。入る前にポストを確認した。

中には一通だけ手紙が来ていた。宛名は裕二お父さんになっている。

しかも、習字ペンで達筆な文字。直筆の手紙なんて今時珍しい。

濡れた傘を畳んで玄関を開ける。

「ただいまー、あっちゃんパパ。裕二お父さんに手紙が来ていたよー」

なんの予兆もなく届いた手紙。

——それが、わたしたち家族を大きく変えるなんて思いもしなかった。

6

窓を強く叩く雨がいまだやまない、午後九時。

お風呂から出ると、仕事から帰ってきた裕二お父さんと玄関で鉢合わせした。

「裕二お父さん、お疲れさま」

「髪はしっかり乾かせよ」

裕二お父さんはわたしが肩にかけていたタオルを手に取り、まだ濡れている髪をガシガシと少し乱暴に拭う。まるで小さな子供のような扱いだ。

「もうっ、自分でできるよ！」

大きな手を払うけれど、裕二お父さんは気を悪くした様子もなく、ポンポンとわたしの頭を叩いてリビングへと向かった。わたしもそのあとについていく。

裕二お父さんはスーツの上着を脱いで、ダイニングテーブルの椅子にかけた。

「ん。なんだ、これ」

裕二お父さんがテーブルの上に置かれている手紙を手に取った。

「ああ、今日届いたのよ。わたしは知らない人だけど」

あっちゃんパパが電子レンジでハンバーグを温めながら言った。

裕二お父さんが手紙を裏に返す。わたしは見なかったけれど、差出人の名前が書かれているはずだ。

「ああ。前の会社の上司だった人からだ。なんだろう」

前の会社というと、裕二お父さんがもう五年以上も前に働いていた東京にある会社だ。この町に引っ越すとほぼ同時に今の会社に転職している。

「手紙ってことは急ぎの用ではないだろう。あとで確認しておく」

このときまでは、なんてことのない、ただの手紙だと思っていた。

でも、その晩のことだ。わたしは微かに聞こえた物音で目を覚ました。ドア越しに裕二お父さんとあっちゃんパパの声が聞こえてきた。なにを言っているかまでは分からない。

手元のスイッチで灯りを点ける。目覚まし時計を見ると十二時過ぎだ。

珍しいな。こんな時間になにをやっているのだろう。ドアの前で話していたようだけど、階段を下りていく足音がする。

「麦茶飲もう」

中途半端に目が覚めたうえに、喉の渇きを感じた。

もぞもぞとベッドから出て、部屋を出る。階段を下りていくと、あっちゃんパパと裕二お父さんの言い争う声が聞こえた。

「どうして、こんなことになるの！」

「俺に言っても、しょうがないだろ！」

ほとほと呆れてしまう。こんな時間にまで、ケンカしているなんて。

わたしはドアを開けるなり声をかける。

「もー、こんな夜中にケンカなんてしないでよ」

「沙織……」

「沙織ちゃん……」

わたしが行くと二人は口を閉ざした。なにが原因でケンカしているかは知らないけれど、こんな夜中にする必要はない。とにかく麦茶を取りに台所に向かおうとする。

「ん。なにこれ」

わたしは床に落ちている白い紙を拾い上げた。

四角いそれは写真だ。裏返して、写っているものを見る。

「どうして、わたしの子供のときの写真が落ちているの？」

そこには幼稚園に入るよりも幼い子供の頃のわたしが写っていた。

でも、見たことがない写真だ。紺色のスカートに白いブラウスを着ている。こんな服は見た覚えがなかった。

「これはその……、ちょっと懐かしくなって見ていただけだ」

裕二お父さんは頭の上から、写真をひょいと取り上げる。

あっちゃんパパも、少し苦笑いをして言う。

「それより、沙織ちゃんは寝なさい。もう十二時でしょ」

「あ、ああ。うん。でも、麦茶を飲もうと思って」

「仕方ないわね」

あっちゃんパパはコップを準備し、冷蔵庫から麦茶のポットを取り出す。わたしはそっと後ろを覗き見た。

裕二お父さんの手には写真と一緒に白い紙があった。たぶん、今日裕二お父さんに届いた手紙の中身だ。なにが書いてあるのだろう。

もしかしたら、あっちゃんパパとのケンカの原因はその手紙なのかもしれない。でも、裕二お父さんの上司だった人となんの関係があるっていうの？

麦茶を飲んで部屋に戻る。またベッドに潜り込むけれど、一階の様子が気になってなかなか寝付けなかった。


次の日の朝。

夜遅くにケンカしていた二人は、いつもより覇気《はき》がないように思えた。三人で囲む食卓でも会話はない。カチャカチャと食器と箸の音だけがした。

「……ねえ、裕二お父さん。あの手紙、なんだったの？」

わたしは我慢できずに、向かいに座る裕二お父さんに尋ねた。単刀直入な質問だけど、他に聞きようがない。どう考えても、原因はあの手紙だとしか思えなかった。

「……ああ、今夜話すよ」

低く少し重たい声で言う裕二お父さん。深刻な様子だけれど、話の内容は全く予想がつかなかった。

それに、わたしには関係ないと言われるかと思ったのに、今夜わざわざ改めて話すなんて。本当になにが書いてあったのだろう。

登校しても、授業に集中できなかった。数学の先生の板書をノートに写すけれど、内容が頭に入ってこない。数字が頭の中を回転するだけだ。

朝の様子から言って、あっちゃんパパはもう手紙の内容を知っているみたいだ。やっぱり昨夜は手紙のことを話していたのだろう。

昨夜はわたしが部屋に戻ったあとも、声を荒らげないまでも二人で話している気配がした。

ぼーっとしていると、横から陽菜が顔を覗き込んでくる。

「どうしたの。沙織、今日元気ないね」

いつの間にか休み時間になっていた。前の授業の教科書とノートが机の上に置かれたままだ。なんとか笑顔を作って頷く。

「うん。ちょっとね。気掛かりなことがあるだけ」

「まさか、また古川がなにか言ってきたんじゃないだろうな」

隣の席の高田くんまで、わたしの心配をしてくれた。

「いや、実は――」

二人だけに聞こえるよう、小声で手紙のことをかいつまんで話した。

「ケンカの原因になる手紙かぁ。しかも、沙織に話す必要がある……。それは確かに気になるかも」

「でも、裕二お父さんの元上司の人からの手紙なんだよ。わたしになにを話すっていうのかな」

わたしには全く関わりのないことのように思える。考え込んでいた様子の高田くんがふと顔を上げる。

「秋月の写真を見ていたって言っていたな。その写真、秋月じゃないんじゃないか？」

「え。でも、確かに……」

「その元上司っていう人と裕二さんの子供の写真という可能性もあると思う」

「ま、まさか隠し子ってこと？」

確かに見覚えのない写真だった。わたしじゃなくて、腹違いの妹なら似ていることも理解できる。元上司と聞いて、てっきり男の人だと思っていたけれど、女の人ってことも。

つまり、シングルマザーなのかもしれない。

「じゃあ、もしかして裕二お父さんに養育費を請求する手紙だったのかな」

てっきり裕二お父さんは美織お母さんのことが忘れられないでいると思っていた。けれど、隠れて他の人と付き合っていたのかもしれない。美織お母さんはずっと前に亡くなっているし、独身なのだから、それが悪いことではないと分かってはいる。けれど、理香さんには、美織お母さんのことを理由に断っていたのに……

少しだけ裏切られたような気持ちになった。

ズンと沈んだわたしの背中を陽菜がさすってくれる。

「沙織。まだなにが本当か分からないじゃない。ただ沙織の写真を見ていただけかもしれないよ。二人もただなんとなくケンカしていただけかも」

「そう。そうだよね。今日の夜には話してもらえるしね」

気になるけれど、いくら考えても分からないことだ。

――だけど本当のことはこのときの予想よりも、もっと衝撃的なことだった。

夜ご飯をあっちゃんパパと二人で食べたあと、宿題をリビングでする。八時を過ぎた頃に裕二お父さんが帰ってきた。

　あっちゃんパパがいつものように尋ねる。

「裕二、ご飯は」

「ああ。今日はあとにする。沙織、ここに座りなさい」

　裕二お父さんはわたしがいつも座っているダイニングの椅子を指す。

　いよいよ、手紙のことを話すのだ。そわそわしながら椅子に座った。いつもはわたしの横に座るあっちゃんパパも、向かいの裕二お父さんの横に座る。

「沙織に話すかどうか、すごく迷ったけれど昨日二人で話し合って正直に伝えることに決めた。これのことだ」

　ビジネスバッグから例の手紙を取り出す裕二お父さん。

「手紙の宛名は俺になっているけれど、中身は沙織宛てだった」

「え？　わたし宛て？」

　どういうことだろう。

　裕二お父さんの元上司の人から、わたしに話すことがあるとは到底思えない。

「便せんが二枚あって、一枚目にはこの手紙を読んで俺が沙織に読ませてもいいと思ったら、沙織に手紙を渡して欲しいと書かれている。これだ。読んでみてくれ」

裕二お父さんは一枚の白い便せんを差し出してくる。便せんが微かに震えていた。わたしの手もつられて震えてしまう。

便せんには、宛名書きと同じように達筆な文字が書かれていた。ボールペンで書かれた文字を目でゆっくりと追う。

『沙織ちゃんへ
突然、ぶしつけに手紙を送ってごめんなさい。私は秋月くんの元上司で、田原勝彦《たはらかつひこ》といいます。今年、四十八になるおじさんです。福岡に住んでいます。
実は大事な話があります。沙織ちゃんがもしかしたら、私の子供かもしれないということです』

——私の子供かもしれない。

その一文を読んで、心臓が凍りつくような気がした。

続きを目で追う。

『私は十五年前、あなたの母親の大野《おおの》美織さんとお付き合いしていました。ただ当時は、前の妻と離婚調停中で公《おおやけ》に付き合っているとは言えない状況でした。

しかも、あなたが生まれたときに他にも子供の父親候補が二人もいると聞いて、私はショックを受けてしまいました。そしてなにも言わずに福岡へと転勤しました。つまり真実を知ることから逃げて、今日まで過ごしてしまったのです。

十五年も経ってからこんな話をするなんてと思うかもしれません。

実は三年前、私は再婚しました。

夫婦ともに歳を取っているのに運よく子宝に恵まれ、娘が一人生まれました。同封した写真は娘の写真です。秋月くんは毎年、正月に年賀状を送ってくれます。その沙織ちゃんの子供のころの写真と娘がそっくりなのです。

娘が大きくなるにつれて、もしかしたらという思いが段々と強くなりました。

沙織ちゃん。一度、私と会って話をしてみてくれませんか。こんなことを言うのは私のわがままだとは分かっています。

でも、どうしても会って話してみたいのです。六月八日に沙織ちゃんの住む町に行きます。連絡をくれると嬉しいです』

最後には電話番号が書かれていた。手紙を穴があきそうなほど見つめる。脳みそが痺れたみたいに言葉が出てこない。

「……写真、よく、見せて」

やっと出てきた声は震えていた。裕二お父さんは無言で写真を渡してくる。

写真に写る少女は幼い頃のわたしのように見えた。ちょこんとした低い鼻に大きくも小さくもない中途半端な目。でも、よく見るとこの子は髪に癖がついていた。柔らかそうな髪がふわふわしている。わたしは小さい頃から直毛だ。

これだけ顔がそっくりだと、血の繋がりがあることは疑いないだろう。

ギュッと手紙を握り込む。

もう少しでわたしの誕生日だ。誕生日には、みんなにおめでとうと言ってもらって、あっちゃんパパが本当のことを言って。

わたしは裕二お父さんの本当の娘。

そう、世界中のみんなに言うことができたはずだった。

——それなのに。

「わたし……」

あっちゃんパパが立ち上がって、座っているわたしの横にやってくる。少し屈んで、わたしの目を見つめてきた。

「沙織ちゃん。実は話があるの。本当は誕生日に言おうと思っていたのだけれど」

「ごめん、あっちゃんパパ。わたし、宮部先生との話を聞いちゃった」

わたしはあっちゃんパパの言葉を遮《さえぎ》った。あっちゃんパパは驚いた顔をするけれど、すぐにふっと笑う。

「そうなの。聞いていたのね。じゃあ、パパが本当は美織ちゃんとなにもなかったって知っているのね」

わたしはうつむいたまま、微かに頷いた。

「裕二が実のお父さんだと思っていたのだけど」

「美織お母さん、裕二お父さんとこの田原さんって人と二人と付き合っていたんだ」

出た声は自分でも驚くほど陰鬱《いんうつ》だ。

「……沙織ちゃん」

「なあ、暁也。美織さんとなにもなかったたって、どういうことだ」

顔を上げると、裕二お父さんがあっちゃんパパを鋭い目で見ていた。

裕二お父さんは宮部先生とあっちゃんパパの話を聞いていないから、疑問に思うのは当然だ。

あっちゃんパパは胸に手を当てて言う。

「そのままの意味よ。わたしは沙織ちゃんと血の繋がりがないことは分かっていた」

「分かっていたってお前！」

裕二お父さんはガタガタと音を立てて立ち上がる。

「なんで言わないんだ！　いや、それよりもなんでそんな嘘をついた！」

いつもの言い争いよりも激しい。裕二お父さんはあっちゃんパパの胸倉を掴んで揺さぶった。

「だって、あの頃の裕二は本当に頼りないダメな男だったじゃない！　こんな男じゃ美織ちゃんが浮かばれないって思って、わたしも手を挙げたの！」

あっちゃんパパも語気を強くして言う。

「確かに、そうだったけれど……」

限界まで目を見開いた裕二お父さんの手が離れる。

「……俺はお前が父親だと思って、美織さんも相手が未成年だから隠していたと思っていたのに……」

呆然とした表情で裕二お父さんが言う。

『俺はお前が父親だと思って』

——なに、その言葉。

あっちゃんパパも引っかかりを覚えたのだろう。

「どういうこと、裕二。……まさか、あんたも」

裕二お父さんは手で自分の目を覆《おお》って、その場にしゃがみ込む。

「ああ。美織さんと俺が付き合っていたという事実はなかった。だから、沙織は俺の子供じゃない。そう、はじめから俺も分かっていたんだ」

「な……」

わたしとあっちゃんパパは瞠目《どうもく》して、裕二お父さんを見つめた。

「嘘でしょ。あんたこそなんでそんな嘘をつくのよ！」

「仕方ないだろ！　あのときは誰も父親を知らなかったし、誰も手を挙げなかった！

美織さんが田原さんと付き合っているなんて、誰も思わなかったんだ。美織さんのために駆けつけたのも、十八のガキだけだ。それなら、俺が父親だって言った方がずっと美織さんのためだと思ったんだ！」

裕二お父さんの声がジンジンと耳に響く。

わたしは生まれたとき、最低でもお父さんたち二人には祝福されて生まれたのだと思っていた。

でも、違ったんだ。誰も他に父親がいないから、仕方なく二人は自分だと手を挙げた。それも、わたしじゃなくて、好きだった美織お母さんのために――

「わたし……、電話してみる」

揺れる船に乗っているみたいに目まいがする。電話の子機を取ってリビングを出た。

「沙織ちゃん」

「沙織」

あっちゃんパパと裕二お父さんが後ろからなにか声をかけたようだったけれど、よく聞こえなかった。

とにかく、この空間にいたくない。

部屋に行くとベッドに腰かけて、手紙を見ながら番号を押す。

しばらくすると、低い男性の声がした。

「はい。田原です」

カラカラする喉でなんとか声を絞り出す。

「あの、……秋月沙織といいます」

「沙織ちゃん」

電話の向こうで、息を呑む気配がした。少ししてから、落ち着いた声で話しかけてくる。

「電話してくれて、ありがとう。手紙を読んでくれたんだよね」

「はい」

「声に元気がないね。……あんな話、突然でビックリするよね。手紙に書いた通り、今度沙織ちゃんの町に行くよ。二人で話せないかな。そのときにじっくり話すよ」

「……はい」

六月八日に駅前で会う約束をして電話を切った。

電話口では、大人の落ち着いた声の人だった。

少し声を聞いただけでは、どんな人かは分からない。大人しい人かもしれないし、活発な人かもしれない。厳しい人かもしれないし、優しい人かもしれない。当時不倫していたと書いていたから悪い人なのかもしれない。

でも、この人がわたしの本当のお父さんなんだ。ただ、親子の関係を確認したくて連絡してきたとは思えない。

今後、どうなるのだろう。

不安でしょうがない。けれど、もうあっちゃんパパや裕二お父さんに頼ることはできないんだ。手紙を見せてきたということは、そういうことだろう。

ふと、理香さんに電話をしてみようかと思った。けれど番号を押す前に思いとどまった。どんな励ましの言葉をかけてもらっても、事実は動かない。

高田くんは以前、もう十五歳なのだから、ほとんど大人だと言っていた。

でも、わたしは流れに身を任せることしかできない。

「全然、大人なんかじゃないや」

ベッドに大の字になって寝そべる。大きく腕を広げても、胸の痛みは治まらなかった。

数日後。木曜日のこの日も雨だった。靴の中までぐっしょり濡れる土砂降りで、それでも予定されていたバスケの試合は行われる。

バスケ部全員で、バスを貸し切って試合会場へと向かう。会場に入る前に横に並んで歩いていた静夏が話しかけてきた。

「沙織。なにか今日、顔色悪くない？」

「そ、そう？　大丈夫だよ」

大事なときに心配させるわけにはいかない。わたしは無理に笑みを作った。

これから始まるのはベスト4をかけた試合。スタメンのわたしが弱気になっている場合ではないんだ。ユニフォームに着替えて髪をまとめると、両手で自分の頬を叩いて気合を入れる。

バッシュと床がキュッキュッと擦れる音が響く体育館。アップが終わるとすぐに試合が始まる。

わたしたちスタメンは一列に並んで礼をして、それぞれのポジションにつく。

ピーッと鳴る審判の笛の音。ボールが高く垂直に上げられる。静夏が思い切り床を蹴ってジャンプした。静夏がボールを押し込むことに成功する。わたしはこぼれたボールを追いかけた。一進一退の点の取り合いが始まる。

ハーフタイムが終わって、一点差となっていた。

ふと、「頑張れ！」という何気ない応援の声が耳に入った。

視線を上げて声のした方を見る。観客席には親も応援に来ている。平日なので圧倒的に母親の数の方が多い。

――普通の親でいいなと思ってしまった。

ハーフタイムが終わり、後半の試合が始まる。

わたしの親は汚れている。美織お母さんと実のお父さんは不倫をしていた。わたしは不倫でできた子供。そのことがすごく汚《きたな》らしく思える。お父さんたち二人と付き合っていたと思っていたときは、そんなこと思わなかったのになぜだろう。

それにわたしは利用されていた。あっちゃんパパと裕二お父さんが死んでしまった美織お母さんとただ繋がっていたいがために、わたしは育てられていた。

もしかしたら、美織お母さんが子供が生まれてくることを楽しみにしていたという言葉も嘘かもしれない。本心では、わたしなんて身ごもらなければ良かったと思っていたかもしれない。

不倫をして、予定外にできてしまった子供。事故でわたしの命を優先したっていうのだって、たまたま――

「沙織!」

突然、静夏の声が頭に響いた。同時に、身体に衝撃が走る。対戦相手に激しくぶつかられて、わたしは床に倒れてしまった。

7

目の前に座る白衣を着たお医者さんが言う。

「軽い捻挫《ねんざ》ですね。全治十日ほどです。安静にして、激しい運動は控えてください」

予想していた通りの診断にわたしはうつむく。隣には駆けつけてくれた宮部先生がいる。診察が終わると、宮部先生は優しく声をかけてくれる。

「顧問の先生にはわたしから言っておくわね」

「はい」

部長の静夏にも先生を通して伝わるだろう。わたしは大げさにも思える松葉づえをついて、宮部先生の車で家に送ってもらった。

試合中に別のことを考えるなんて、なんて馬鹿なんだろう。雨で滲《にじ》む景色を見ながら、後悔してももう遅いんだと自分に言う。

「沙織ちゃん！」

車が着くなり、あっちゃんパパが家から飛び出してきた。持っていた傘をわたしの方へと傾けてくる。

「沙織ちゃん、大丈夫？　足、痛くない？」

――まだ痛い。

でも、あっちゃんパパの顔を見ると、口から上手く言葉が出てこなくて、顔を背けることしかできなかった。

あっちゃんパパは腰を折って屈み込み、車の中を覗き込む。

「先生。娘を送っていただき、ありがとうございました」

「はい。とにかく安静にとお医者さんがおっしゃっていました。もし、明日学校をお休みするのなら連絡してください」

宮部先生の車が去ると、わたしたちは家に入る。慌てたようにわたしを追い抜いて、リビングのドアの前まで行くあっちゃんパパ。少し焦っているような声で気づかわしげに言う。

「大変だったわね、沙織ちゃん。今日は沙織ちゃんの好きなビーフシチューよ。ご飯までリビングでゆっくり待っていてね」

いつもだったら、ビーフシチューと聞いたら飛び跳ねるぐらい喜んでいる。けれど――

「いい。今日はご飯いらない。もう寝るね」

自分でもなんでこんなに淡々とした声が出るのだろうと思う。

あっちゃんパパは驚いた顔で振り返った。その顔を見たくなくて、うつむいたまま階段を上がった。慣れない松葉づえだけど、手すりも使ってなんとか部屋までたどり着く。

そのままベッドに倒れ込んで目を閉じた。身体も心もベッドの底に沈みこんでいくような心地がする。

「沙織」

コンコンと控えめなノックの音で目が覚めた。少しだけ目を閉じたつもりだったのに、いつの間にか制服を着たまま寝ていたようだ。

「大丈夫か。足、怪我したんだって?」

裕二お父さんだ。少しだけドアを開けて、遠慮がちにこちらを見ている。

「大丈夫。今、何時」

わたしは目元をこすって尋ねた。薄暗かった部屋は真っ暗になっている。

「八時過ぎだ。お腹空いただろ。暁也も心配している。……ご飯、本当に食べないのか」

「お腹、空いていない」

ぼーっとする頭で、反射的に答えた。

「……そうか。明日の朝にはちゃんと食べるんだぞ。おやすみ」

裕二お父さんはゆっくりドアを閉めて去っていく。あっちゃんパパも裕二お父さんも、いつも通りのような気がした。

わたしがこの家族の子供じゃないと分かったのに、わたし一人だけが動揺している。たぶん二人にとっては気にしない程度の小さな問題なんだ。

——二人が好きなのはわたしじゃなくて、美織お母さんだから。

本当のお父さんだという、田原さん。直接会う日は気づいたらもう明後日だ。

そのとき、わたしはなにを話せばいいのだろう。

次の日。なんとか朝ご飯として昨日のビーフシチューを口にする。だけど、とても学校に行こうという気にはなれなかった。

「学校、休もうかな」

すくったビーフシチューを見つめながら、ポソリと言う。

「そうだな。昨日、怪我したばかりだ。そうした方がいい」

「すぐに学校に電話するわ」

普通のやり取りだけど、なんだかよそよそしい気がした。

学校に電話をする声を聞きながら、ビーフシチューを口に押し込む。一緒に出されていたパンは全部残してしまった。

あっちゃんパパはこの日、イラストの仕事の打ち合わせがあるらしく、夕方まで帰らないそうだ。お昼は電子レンジで温められるものを用意してくれていた。

わたしはなにをするでもなく、リビングのソファに座ってテレビを惰性で眺める。お昼のワイドショーは興味もない芸能人の結婚話で盛り上がっている。なにかとおめでたいを連発する司会者。

普通はこうして祝福されるものだと思っていた。

でも、美織お母さんと田原さんは、わたしという子供ができても祝福されるとは思わなかった。不倫していたからって、そこまで隠すものなのかは子供のわたしには分からない。結局、周りに隠し通していたせいで、裕二お父さんとあっちゃんパパが育てることになる。

——だから、わたしは普通の家庭では育たなかった。世界中のどこにも居場所がない。

たった一つの出来事でそう思うようになってしまった。

ソファに座ったまま、ぼーっとしていると玄関のチャイムが鳴る。

いつの間にか、もう夕方だ。宅配便でも来たのかと思って、足を引きずりながらインターホンに向かう。画面を見ると、傘をさす高田くんが映っていた。通話ボタンを押して話しかける。

「高田くん、どうしたの」

「配られたプリント持ってきた」

「ありがとう。今、玄関開けるね」

壁に手をついて、なるべく急いで向かう。

玄関を開けると、買い物袋を提げた高田くんが立っていた。こんな雨の日でも、買い物は欠かさないようだ。

高田くんは鞄の中からプリントを数枚取り出す。

「ほら、プリント。大丈夫か、足」

「うん。軽い捻挫《ねんざ》だから平気……。プリント、ありがとうね」

プリントを受け取った。けれど、高田くんが立ち去る様子はない。

わたしの方をジッと見て問いかけてくる。

「なあ、秋月。なんかあったか。大方、前に言っていたあの手紙のことだと思うけど」

「え」

そんなに表情に出ていただろうか。思わず自分の頬に触れる。

「昨日、様子がおかしかったって、女バスの部長が言っていた」

そっか、静夏が――。すっかり迷惑をかけてしまったなと今更ながら後悔する。

あのあと、試合には一点差で負けてしまったらしい。わたしが抜けたせいだと思うのは、自惚《うぬぼ》れかもしれないけれど。

「一人で抱えてもいいことないぞ」

珍しく優しい言葉だ。高田くんにも心配をかけている。

「……違ったの」

わたしは涙が出そうになるのを堪えながら言う。

「お父さんたち二人とも、血が繋がっていなかったの。本当の、血の繋がったお父さんは別にいたんだ」

突然の事実に高田くんは眉を寄せて沈黙する。驚くのも無理はない。

わたしも最低でもどちらか一人は、実の親だと思っていたから――

「そう、だったのか。あまり似ていないとは思っていたけれど……」

高田くんの口からは、戸惑いの言葉が漏れ出てくる。

「ごめん。こんなこと高田くんに関係ないよね」

「いや、いい。けど、なにか事情があるのかもしれない。大人って子供には分からない、いろんな事情を抱えている。俺も母さんと話してそれが分かった。だから秋月のとこも、話し合った方がいいのかもしれない」

わたしはなんとか涙を堪えて「うん」と頷くことが精一杯だった。

だけど、このあと、あっちゃんパパとも裕二お父さんとも話す機会がなかった。

あっちゃんパパは帰ってくるなり、急ぎのイラストの仕事が入ったからと夕ご飯にカレーをちゃっちゃと作って部屋にこもる。裕二お父さんも今日は残業になったと電話があった。

そして、約束の土曜日は、もう明日。わたしは本当のお父さん、田原さんに会う。

この日は、梅雨《つゆ》の中休みで雨は降っていなかった。空は朝から澄んでいる。忙しかった二人は寝るのも遅かったようで、なかなか起きてこない。

朝ご飯はわたしが簡単に目玉焼きとみそ汁を三人分用意した。できたら一人で食べる。食べ終えて部屋にいると、二人も別々の時間に食べている気配を感じた。

部屋着から着替え、待ち合わせの十二時に間に合うように早めに家を出る。玄関に行くと、まだパジャマ姿の裕二お父さんが二階から下りてきた。

怪我をしたわたしの足を見ながら、遠慮がちに話しかけてくる。

「沙織。怪我をしているのに大丈夫か。せめて送って――」

「ううん。大丈夫」

わたしは言葉を遮《さえぎ》って断る。

「気を付けてね」

あっちゃんパパもリビングから見送りに出てきた。やっぱり、その日は遠慮がちな気がする。わたしは小声で「いってきます」と言って家を出た。

待ち合わせ場所は大きな駅前のロータリーだ。まだ時間もあり暇なのでベンチに座って、駅前を歩く人たちをなんとなく観察した。

土曜日だからか、歩いているのも若い人が多い気がする。田原さんは手紙では四十八歳だと書いてあった。

おじさんだけれど、どんなおじさんなのだろう。行き交うのは、夫婦で歩くおじさん。一人で大きな買い物袋を持ったお腹が出たおじさん。休日だけれど、スーツを着たおじさん。

よく考えたら、声しか知らない全く面識のないおじさんと会うのは少し怖い。どうしようか。気まずいけれど、やっぱり誰かに付いてきてもらえばよかったかもしれない。今更だけど、そう思っているときだ。

「沙織ちゃん！　どうしたの、その足！」

突然、後ろから名前を呼ばれたのでパッと振り返る。そこに立っていたのは、グレーのジャケットを着たおじさんだ。だけど、ただのそこら辺のおじさんではない。

目は大きくも小さくもなく、鼻も低い。あっちゃんパパや裕二お父さんのような美形な人とは違う。すごく親近感の持てる顔だ。

なにしろ、おじさんはおじさんでも、わたしと血の繋がったおじさんだからだ。

この人が田原さんだとすぐに分かった。

足の怪我のことは正直にバスケの試合で捻ってしまったと話した。

「もしかして、わたしのせいかな。あんな手紙を出してしまったから」

しょんぼりと肩を落としている姿に、慌てて声をかける。

「田原さんのせいじゃありません。わたしが試合に集中していなかったのがいけないんです」

「……とにかく、ゆっくり話せる場所に移動しよう」

わたしと田原さんは、近くのファミレスに向かう。店内は混み合っていて、程よい喧騒があることが逆に緊張をほどいていく。なんでも頼んでいいと言われたので、お昼ご飯にとチーズハンバーグを頼んだ。田原さんはマグロ丼セットを頼んでいた。

「「えっと」」

注文が終わると、なにかを言わなければと声を出したら重なってしまった。顔を見合わせて、固まる。田原さんが手のひらを向けて促《うなが》す。

「沙織ちゃん。どうぞ」

「え、いえ。田原さんから」

そもそも田原さんが話をしたいというので、やってきたのだ。田原さんの話をまず聞くのが筋というものだろう。

「……うん。まずは謝らないといけない。沙織ちゃん、今まで、ずっと黙っていて申し訳なかった」

田原さんは深々とわたしに頭を下げる。しっかり数十秒は経っただろうか。やがて頭を上げた田原さんは目の端に涙を滲《にじ》ませていた。

本気でわたしに謝っている。そう感じた。

田原さんはゆっくりと続ける。

「沙織ちゃんのお母さん。美織とは十五年前、いや十六年前に付き合っていた。沙織ちゃんは嫌だと思うかもしれないけれど、当時わたしは三十二歳で妻もいた」

不倫という言葉を思い浮かべて、ごくりと喉を鳴らす。

「でも、信じて欲しい。妻とは美織と付き合う随分前から別居状態だったんだ」

「別居……」

　つまり一緒には暮らしていなかったということだ。

　紙一枚の上だけのパートナー。きっと美織お母さんとは違う。

「顔も合わせないというのに、前の妻は意固地になっていて、離婚しようとしなかった。だから離婚調停ということになったのだけれど、予想外に時間がかかってしまってね。結局離婚ができたのは、沙織ちゃんが生まれた翌月の七月だった」

　田原さんは肩を落としたまま、けれど、わたしにしっかり伝わるように話し続ける。

「離婚調停中に美織の妊娠が発覚したんだ。本当ならみんなに祝福してもらいたいけれど、そういう理由で公《おおやけ》にできなかった。友人にも誤魔化さないといけなかったし、ずいぶんと美織には無理をさせたと思うよ。でも、美織は沙織ちゃんが生まれてくるのを楽しみにしていた」

　美織お母さんはわたしが生まれてくることを楽しみにしていた。その一言についい前のめりになる。

「本当に？」

「ああ、もちろんだよ」

わたしの高揚しているだろう表情を見て、田原さんは微笑みながらバッグを探ってなにかを取り出す。

「これが沙織ちゃんを身ごもっていたときの美織の写真だ。それでこっちが妊娠三か月と六か月のエコー写真」

写真を何枚も渡された。見たことのない写真ばかりだ。

美織お母さんは海辺を歩いていて、柔らかな笑みを浮かべている。その手は少し膨らんだお腹に添えられていた。お腹の中の子供を大事にしているように見える。

「美織お母さん……」

妊娠しているときの写真は、家のアルバムには一枚もなかった。きっと、元のデータは全て田原さんが持っていたのだろう。

次の一枚をめくる。海辺で美織お母さんと田原さんが肩を寄せ合っている写真だ。

田原さんは今より少しスリムで、美織お母さんと並んでいるとお似合いの二人に見えた。なにより信頼し合っているような穏やかな雰囲気だ。

次の写真はエコー写真だった。マジックペンで三か月とメモ書きされたエコー写真はかなり不鮮明だ。影はあるが、そら豆のようでよく分からない。

でも六か月の写真は人の形がくっきりと見えた。こちらはちゃんと頭と身体の形、握った拳も分かる。

「この写真、ずっと持っていたんですか」

顔を上げて田原さんを見つめると、ゆっくりと頷かれた。

わたしが生まれたのは十五年も前のことだ。そもそも写真の子供が自分の子供か分かっていなかった。新しい奥さんや娘さんができたのなら、過去を捨てることなんて簡単なのに――

エコー写真を手にしたままなにも言えずにいると、田原さんはさらに紙の束を取り出して、わたしの前に置く。

「わたしが持っている沙織ちゃんの写真は、それとこの年賀状だけだよ」

毎年、裕二お父さんが送っていたという年賀状だ。

一枚手に取り裏返すと、わたしの赤ちゃんの頃の写真がある。あけましておめでとうございますと、干支であるウサギの絵が描かれていた。横には裕二お父さんの文字だろう、「福岡での生活はどうですか？」と手書きで書かれていた。

次々にめくっていくと、小さかったわたしはみるみる大きくなっていく。あっちゃんパパや裕二お父さんと一緒の写真もあった。

だけど、それは十枚ほどで終わる。小学三年生ぐらいのときに恥ずかしいから、写真の年賀状はもうやめようとわたしが言ったからだ。

「ごめんね。沙織ちゃん」

「え。なにがですか」

震えている声に驚いて顔を上げる。

「君が生まれたとき、わたしは逃げたんだ」

田原さんは目がしらを押さえながら、懺悔《ざんげ》するように語り始める。

「美織が亡くなったことで色々と考えられなくなって、父親だと名乗り出ることも、君の顔を見に行くこともできなかった。秋月くんともう一人が、父親だと名乗り出たと聞いて、それで情けないけれどショックを受けてね」

田原さんの声はますます震えていく。

「……わたしは本当に美織のことを愛していたんだ。美織との子供も愛していたはずなのに……。どんなに後悔しても、時間は戻せない。だけど、わたしは君に償《つぐな》いをしたい。もちろん、秋月くんたちにも。お金の問題ではないと思うけれど、養育費も返していくよ」

丸まった肩を震わせている田原さんの話を聞いて、高田くんの言っていた通りだと思った。大人はわたしには想像できない事情を抱えていたりする。

——もしかしたら、わたしの本当の居場所はここだったのかもしれない。

ふと、そう感じて、真実を伝えないといけないと思った。

「田原さん、実は二人の父から本当の話を聞いたんです。元々、美織お母さんと二人は付き合っていなかった。だから、母が当時付き合っていたのは田原さん一人だそうです」

田原さんはゆっくりと顔を上げた。目を見張って、すぐには呑み込めない様子だ。

「……そう、だったのか。尚更、悪いことをしてしまったな」

「そんな」

そうだ。本当に悪いのは田原さんではない。あっちゃんパパと裕二お父さんが最初に嘘をつかなければ、わたしは田原さんの娘として育っていたかもしれない。

改めて美織お母さんと田原さんの写真を見つめる。

美織お母さんはいなくて、そこに小さな頃のわたしがいる。

写真としてはなんとなくなら想像できる。けれど話したり遊んだり、そんな場面は想像できなかった。田原さんと会ったばかりだからだろうか。

「あの。……わたし、聞きたいことがあるんです」

グスリと鼻を鳴らして、田原さんは微笑む。

「なんだい。なんでも聞いていいよ」

二人の父親は全然話してくれなかったけれど、きっと田原さんならたくさんのことを知っているはず。

「わたし、美織お母さんのことが聞きたいんです！　なんでもいいから。二人の父はあまり話してくれなくて」

「ああ。秋月くんは入社して一年ぐらいしか、美織と過ごしていないからね。いいよ。本人に聞いた話でよければ、知っていることを全て話すよ」

聞きたかった言葉が、グラグラしていた心を落ち着かせてくれる。

ちょうどそのとき、注文していた料理が運ばれてきた。わたしと田原さんは料理を食べながらたくさんの話をする。

田原さんの話だと、美織お母さんの両親は交通事故で小学五年生のときに亡くなったらしい。

親戚は元々少なく、どの家も引き取ってくれなかったそうだ。そのため身寄りのない子供たちが集まる施設で生活することになる。

最初はすごく落ち込んでいたけれど、施設には自分よりも小さな子供もたくさんいて慌ただしく、泣く暇もいつの間にかなくなっていた。しっかり者のお姉さんを演じるうちに、それが板についてきたらしい。それでも、陰ではこっそり施設の先生に甘えていたんだそうだ。

両親は亡くなってしまったけれど、美織お母さんは恵まれていた方だったという。両親がたくさんの保険をかけていて、そのお金で高校にも大学にも希望するところに行くことができた。金銭的な理由で進学したくても高校までしか行けない子供も多いらしい。

大学を卒業すると東京の企業に就職する。田原さんと、裕二お父さんがいた会社だ。美織お母さんが入社したとき、田原さんが指導係だった。

田原さんは五歳年上で、そのときはもう結婚していた。美織お母さんは最初からキビキビとよく働く人だったそうだ。注意したことは、すぐに吸収して同じミスはしない。どんどん仕事も覚えて、自分のスキルアップも欠かさなかった。

近くで見ていた田原さんも感心するほどだったそうだ。

二人がお互いに意識し始めたのは、美織お母さんが入社して四年目ぐらいの社員旅行のとき。いつもは何人かの人たちで飲むのだけれど、そのときは旅館のベランダで夜風に当たりながら二人だけでお酒を飲んだそうだ。

その頃には田原さんは奥さんと別居していた。子供もいなかったけれど、離婚するかは迷っていたらしい。

でも、美織お母さんにハッキリ言われたそうだ。人生は一度きりなのだから、ぐずぐず迷っている暇はないいんじゃないかって。それで離婚を決めたそうだ。

それから、しばらくして二人は秘密で付き合うようになった。

二人でよく出かけたのは海。美織お母さんが好きだったからだ。たくさんの海辺を一緒に歩いたらしい。

仕事では完璧に思えた美織お母さんも、料理はあまり得意ではなくて、肉じゃがを作るって言ったのに出てきたのがカレーだったときには驚いたそうだ。たぶん、味付けを失敗したのをカレールゥで誤魔化したに違いない。

それから、わたしが生まれてくることをすごく楽しみにしていた。お腹に話しかけて、チビちゃんと呼んでいた。生まれたときのお楽しみのために、田原さんには男女どちらかは秘密にしていたそうだ。

美織お母さんはわたしが生まれたら、会社を辞めるつもりだった。会社を辞めて、みんなに父親が誰か公表して、福岡に転勤になった田原さんのところに行くつもりだった。三人で住むための家も用意していた。

「今もその家に住んでいるんだよ」

わたしと田原さんはすっかり話し込んでいて、わたしはデザートのパフェまで注文して食べていた。もう夕方で、外は薄暗くなってきている。

それでもまだまだ話し足りない。もっと美織お母さんのことを知りたい。

最初は不倫をするなんて悪い人たちだと思ったけれど、田原さんと美織お母さんは本当に愛し合っていた。

田原さんの優しく懐かしむような口調がそう思わせる。

わたしは最後のパフェのフレークを口にした。その間、田原さんは口を閉ざしている。

「えっと、美織お母さんって」

わたしは次の質問を考える。

「ねえ、沙織ちゃん」

少し改まった声にキョトンとしてしまう。

「沙織ちゃんが良ければ、来週の土日に福岡に遊びに来ないかな」

「え……」

突然の誘いに、わたしは固まってしまう。福岡というと、電車を乗り継いで飛行機で行かなくてはならない。

「美織のことをよく知りたいんだよね。でも、あいにく写真はさっき見せた分しか持ってこなかったんだ。でも、家になら何冊もアルバムがあるよ。それに今は美織の話ばかりだけど、沙織ちゃんの話を聞きたいんだ」

質問ばかりで自分の話を全くしていない。わたしの住む町にまでわざわざ来て、気になるはずなのに田原さんは尋ねてこなかった。

「沙織ちゃんの腹違いの妹にも会ってもらいたいし」

呑み込もうとしていた唾が喉に引っかかった気がした。

「妹……。写真の子ですか」

「うん。まだ二歳なんだけれどね。妻も沙織ちゃんに会ってみたいと言っているし」

妻。つまり田原さんの今の奥さんで、わたしの妹のお母さん。だけど、わたしとは直接の繋がりはない。どうしてわたしと会ってみたいのだろうか。

少しだけ視線を下に向けて答える。

「えっと、二人の父が行ってもいいって言うなら」

知らない人と会うことに、ほんの少し怖気《おじけ》づいた。

それでも、田原さんは微笑んで頷く。

「うん。そうだね。その方がいいよ。沙織ちゃんはしっかりしているね」

「そんな」

「交通費はもちろん出すし。できれば、来週の誕生日のお祝いをさせて欲しい。これまでお祝いできなかった十四回分。というのは、都合がいい話かもしれないけどね」

田原さんはそう言って目元を拭った。

一応ただいまと言って家に入ると、裕二お父さんしかリビングにいなかった。

「……あっちゃんパパは？」

「今、夕食の買い出しに出ている。なあ、沙織。来たのはこの人で間違いないか？」

裕二お父さんが写真を見せてくる。どこかの湖の前での集合写真だった。一人の男の人を指さしている。

若い頃の田原さんだ。わたしは小さく頷く。

「うん。この人が田原さんでしょ」

「そうだ。本人が来たんだな。よかった」

どうやら、他の人が来ないか心配していたようだ。でも、それなら行く前に写真を見せるなり、ついてくるなりすればいいのに。

以前とは違い、裕二お父さんと上手く話せる気がしない。それでも、早めに伝えておいた方がいいだろう。それにあっちゃんパパがいない方が話しやすい。

「裕二お父さん。来週、わたしの誕生日だよね」

「そうだな。なんだ。なにか欲しい物でもあるのか」

久しぶりの明るい話題だからか、裕二お父さんの声はどことなく弾んでいた。

テンションの違いをヒシヒシと感じながら切り出す。

「ううん。そうじゃなくて、田原さんから福岡に来ないかって言われていて」

全く想定していなかったことなのだろう。裕二お父さんは口をポカンと開けて動かなくなった。

わたしはいたたまれなくなって、後ろを向く。

「だから、えっと、詳しくはまた電話が来ると思う！」

まだ少し痛む足を引きずりながら、逃げるように二階へと上がった。

田原さんにはすぐに返事をできなかったけれど、わたしは家に帰りながら福岡に行こうと考えていた。もっと美織お母さんのことを聞きたいし、知りたい。

ぽっかりとあいてしまった胸の穴。まだ、完全には埋まっていない。

田原さんと話して、わたしの居場所はちゃんとある、福岡に行けばその穴も埋まる——そんな気がした。

8

「沙織ちゃん、お醤油《しょうゆ》取ってくれる?」

「うん」

「暁也、俺にも」

三人で朝食の食卓に着いているのに、その場でした会話はたったこれだけ。

田原さんとわたしが会って以来、あっちゃんパパと裕二お父さんとは、事務的な会話だけになってしまった。

本当ならわたしは田原さんの子供として育つはずだった。

名前も秋月沙織じゃなくて、田原沙織だっただろう。それなのに二人の嘘のせいで、田原さんが美織お母さんと付き合っていたことを言い出せなかった。

ハッキリと分かってしまった事実が、ずっと胸の奥にわだかまっている。今更、十五年前のことを責めようとは思わない。なに不自由なく育ててもらったことにも感謝している。けれど、田原さんと交流することは認めて欲しかった。

日曜日の夜。会話のない夕食を食べ終わったタイミングで電話が鳴った。

「はい。秋月です」

裕二お父さんが立ち上がって、リビングの受話器を取る。すると、すぐに上ずった声で話し始めた。

「あっ、はい。お久しぶりです」

目の前に相手がいるわけでもないのに、ペコペコと頭を下げ始めた。何事かと、わたしは身体をそらしてリビングを覗き見る。

「……はい。おります。ええ、話は聞いています。……ええ」

受話器から耳を離して、裕二お父さんはわたしに向かって手招きした。

「わたし？」

「田原さんだ」

名前を聞いて、すぐに席を立つ。駆け寄って裕二お父さんの手から奪うように受話器を受け取った。自分でも分かるぐらい弾んだ声が出た。

「はい。沙織です」

「あ。沙織ちゃん、昨日はありがとう。今、福岡の家に帰ってきたところです。それで、来週のことなんだけれど」

「はい！　行きます！」

わたしは少し食い気味に返事をした。

「よかった。それなら当日は飛行機に乗ってもらって――」

土曜日の朝の飛行機に乗って福岡に行き、田原さんに空港まで迎えに来てもらうことになった。

「分かりました。来週が楽しみです」

ニコニコと笑みを浮かべたまま電話を切る。

受話器を置くと、あっちゃんパパがいぶかしむように話しかけてきた。

「沙織ちゃん。来週って、沙織ちゃんの誕生日……」

「あ、あっちゃんパパには言っていないの？」

わたしは裕二お父さんを振り返る。裕二お父さんは眉間にしわを寄せて、小さく頷いた。

「来週の土日、沙織は福岡の田原さんのところに行くそうだ」

「田原さんって……」

あっちゃんパパは、わたしと裕二お父さんの顔を交互に見る。

「まさか誕生日の日に、じゃないわよね」

「……そのまさかだ」

途端にあっちゃんパパの顔色が変わった。

「嘘でしょう！　沙織ちゃんの誕生日は特別なのよ！　毎年、必ず家族三人で祝っていたじゃない！　朝から一緒にケーキを作って、お墓参りにも行って！」

「暁也。冷静になれ」

叫ぶあっちゃんパパの肩を裕二お父さんが掴んで、落ち着かせようとする。けれど、あっちゃんパパは止まらない。

「だって、おかしいでしょ!?　大事な誕生日なのに、どうしてわたしたちじゃなくて、会ったばかりの人と――」

「本当のお父さんだからでしょ！」

わたしは思わず言葉を遮《さえぎ》った。続けて叫びそうになるのを、グッと呑み込んで声のトーンを落として言う。

「二人が嘘をついていたから、わたしは本来育つべき家で育たなかった。……そうでしょ」

「そんな、でも」

あっちゃんパパは言葉にならない声を漏らし、裕二お父さんは絶句する。

「とにかく、今年の誕生日は福岡に行くって決めたの」

わたしがキッパリと言い切ると、深刻な雰囲気のまま二人は固まってしまった。

実際はたった数十秒だっただろうに、大事な試合が始まるすぐ直前ぐらいの緊張感がある。それぐらい長い沈黙の時間。

耐えられなくなって、わたしから口を開く。

「……田原さんが飛行機代は立て替えておいてくださいって言っていたんだけど」

裕二お父さんをチラリと見上げると、硬い表情のまま頷いた。

「ああ。チケットは俺が買っておくよ」

「うん。じゃあ、よろしくね」

それだけ言うと、暗い顔の二人の前からすぐに立ち去る。残っているしょうが焼きも、もう食べる気になれなかった。部屋へと上がり、勉強机の椅子に崩れるようにして座った。

あっちゃんパパの言葉を脳内で反芻《はんすう》する。

――誕生日は特別。

確かにただの誕生日ってだけじゃなくて、美織お母さんの命日でもある。

一年のうち、これほど重要な日はない。お母さんには申し訳ないけれど、お墓参りは福岡から帰ってきてからになってしまうだろう。

でも、そうした方が、美織お母さんに報告することも多い気がする。田原さんからもっと美織お母さんの話を聞いたら、もっと感じることもあるはずだ。

わたしは福岡に行ける日を心待ちにしていた。


休みが明けて学校に行くと、まずは隣のクラスの静夏に謝りに行った。

「ごめん。最後の試合だったのに、わたしのせいでベスト4逃しちゃって」

「長い大会なんだもん。調子が悪いときもあるんだから気にしないで。それより、怪我を早く治しなよ」

静夏はいつもの元気のいい、気持ちのいい声で、わたしを励ましてくれた。

あれだけ練習したのだ。本当は悔しくてしょうがないだろう。わたしたちの中学の大会はあれで最後。バスケは続けるけれど、同じ仲間は試合では二度と集まらない。もう一度、本当にごめんと言って、自分の教室に戻った。

「沙織！　怪我は大丈夫？」

その声に振り返ると、登校してきていた陽菜がこちらに向かってきていた。

「うん。もう痛みも引いているから平気」

顔を覗き込むようにして陽菜は尋ねた。

「本当に？　なにか話すことがあるんじゃない？」

陽菜には敵わない。考え事をしていたせいで怪我をしたことをすぐに見破られた。あるいは、わたしがいつもと違う顔をしていたのかもしれない。

「昼休みに話すよ。あ、高田くん」

登校してきた高田くんと目が合う。高田くんには二人と血が繋がっていないことを話していた。大人には事情があるのかもしれないと助言もしてくれた。そのおかげで、田原さんとも打ち解けたのだ。

微妙な顔をしている高田くんに笑いかける。

「高田くんにも聞いて欲しいから、いいかな。ここじゃ誰かに聞かれるかもしれないから別の場所で」

「ああ。いいけど」

わたしは二人に打ち明けることにした。

昼休み。わたしたち三人はお弁当やパンを持って、体育館の入り口の階段に座り込む。屋根があるので雨には濡れないし、メインの入り口からは離れているので人も来ない。しとしとと雨が降る中、少し肌寒くて腕をさすった。

わたしはここ一週間ほどの出来事を全て話す。

あっちゃんパパと裕二お父さんは血の繋がった父親ではなかったこと、血の繋がった父親は別にいたこと、誕生日に福岡へ遊びに行くこと。

高田くんは冷静な顔をしているが、陽菜は信じられないと瞳が揺れていた。

「まさか、二人とも違ったなんて……」

わたしですら急展開についていけなくなりそうだったので、陽菜が驚くのも無理はない。親友だから余計に感じるものがあるだろう。

高田くんがあんパンをかじりながら言う。

「でも、よかったな。本当の父親がいい人で」

――本当の父親がいい人。

その言葉にわたしは思わず声を弾ませた。

「うん！　それに福岡に行ったら、美織お母さんのことをもっと聞けるんだよ。それがすごく嬉しくて！　こんなに誕生日が待ち遠しいのは初めてだよ！」

それに反して、陽菜は小さく話しかけてくる。

「……沙織、福岡のお父さんのところに行くの？」

「うん。一人で飛行機に乗るなんて初めてだけど行くよ！」

パッと陽菜の方を向くと、陽菜は顔をうつむかせていた。うっすらと暗い表情に少しだけ興奮が冷める。

「そうじゃなくて、そのお父さんは、沙織と一緒に暮らすつもりなんじゃないかな」

「え？」

思わず目を瞬《またた》かせる。

田原さんはわたしと一緒に暮らすつもりなのかもしれない。それは最初に手紙が来たときにも頭をよぎったことだ。美織お母さんの話に夢中で忘れていたけれど――

「でも、会ったばかりなのに？」

福岡に行くことは楽しみにしているけれど、そこまでは考えていなかった。だから、思わず否定的な言葉が出た。

高田くんが「いいや」と首を横に振る。

「向こうはずっと会いたいと思っていたんだろ。突然のことじゃないさ」

確かにそうなのかもしれない。

わたしにとっては突然のことだった。でも田原さんは年に一回の年賀状だけとはいえ、わたしの成長を見守ってきたのだ。

「で、でも、そんなにすぐに引っ越してこいなんて言わないと思う」

田原さんはそこまで強引な人ではないはず。高田くんはサンドイッチを頬張りながら言う。

「じゃあ、高校に上がるタイミングとか」

確かに有り得そうだ。福岡に行ったときに田原さんから提案されるかもしれない。

思えば、裕二お父さんたちにわたしを育てるための費用を払わせたことを申し訳なく思っているようだった。

うつむいていると、わたしの手の甲に陽菜の手が重なる。

「沙織、行かないよね」

「……分からない」

大事な親友の言葉に、「うん」とは頷けなかった。

「今、すごく家の中の雰囲気が悪くて。居場所がない感じがして」

陽菜と高田くんが押し黙る。

お父さんたちは二人とも血が繋がっていないうえに嘘をついていた。そのせいで赤ちゃんだったわたしと田原さんは離れ離れになった。

もう二人と暮らしていても、どう接していいか分からない。


一週間が、こんなにも長く感じたことはなかった。

あっちゃんパパも、裕二お父さんもわたしの顔色を窺《うかが》いながら話しかけてくるけれど、わたしは以前のように上手く話すことができなかった。

足を怪我しているので、体育に参加することもできず、バスケ部も引退。こんなにあっけなく部活が終わるなんて思いもしなかった。

そして、六月十五日、土曜日。わたしの誕生日がやってきた。

「沙織、誕生日おめでとう」

「お誕生日おめでとう。プレゼント、用意しているわよ」

朝、階段を下りていくと、裕二お父さんとあっちゃんパパがダイニングで待ち構えていた。あっちゃんパパは大きなリボンのついた包みを抱えている。

だけど、わたしはそっぽを向いた。

「帰ってきてからでいい。早く出発の準備をしないといけないから」

視線を感じながら台所に行き、既に作ってあったご飯とみそ汁をよそって一人で食べ始める。

「……朝飯、食べるか」

二人も黙々と食事を始めた。すごく居心地が悪いけれど、早く旅行の支度を済ませなければならない。

足もすっかり良くなっていた。駅までバスで行くと言ったけれど、それだけはと昨日の晩に言われ、車で送られることになっていた。裕二お父さんの運転する車だ。

なぜか、あっちゃんパパも一緒だ。

改札の前に来てから尋ねられる。

「本当に空港まで行かなくていいの？」

「うん。一回乗り換えるだけだし」

一人で空港まで行くのは初めてだけれど、三人では何度か行ったことがある。

これで出発できると思いきや、裕二お父さんまで念を押してきた。

「……一緒に福岡に行かなくていいか？」

もう改札をくぐるだけなのに、二人揃ってにわかに騒ぎ出す。

「そうね。ちょうど仕事もないし、わたしたちはホテルを取ればいいんだし。旅行中、沙織ちゃんになにかあったら大変だもの」

二人とも父親だって嘘をついていたのに、今更すぎる。

「そんなに心配しなくても大丈夫だよ。だって、本当のお父さんのところに行くだけだし」

ごく自然に当然のことを言ったつもりだった。

「沙織」

「沙織ちゃん」

聞いたことのないぐらい沈んだ声で名前を呼ばれた。わたしは顔を上げる。二人の表情は真顔だ。けれど、目だけはすごく悲しそうに見えた。

「じゃ、じゃあ、わたし行ってくる！」

二人の視線に耐えられなくなって、逃げるように改札をくぐる。

田原さんとわたしを引き離したのは二人なのに、どうして二人が傷つくのだろう。

わたしは本当のことを言っただけなのに――

やってきた電車に乗り込むと、すぐに駅から離れていく。これでは、わたしが言い逃げをしたみたいだ。

美織お母さんの話を聞けることが楽しみだったのに、そんな弾んだ心地さえしぼんでしまった。

電車を乗り継ぎ、飛行機に乗って約一時間。雨の中の飛行で機体が多少揺れたものの、無事に福岡空港に到着した。荷物を取って初めて来た空港をキョロキョロと眺めながら出口へ向かう。

「沙織ちゃん！」

出口から出ると、田原さんが待っていてくれた。手には『福岡へ、ようこそ　沙織ちゃん』と書かれたスケッチブックを持っている。

そんなことをしているのは、田原さんだけでなんだか恥ずかしかった。それでも諸手を挙げて歓迎してくれていることに嬉しさが勝る。

わたしは小走りで近寄った。

「田原さん。お迎えありがとうございます」

「こちらこそ、来てくれてありがとう」

「あなたが沙織ちゃん？」

落ち着いた女性の声にそちらを見る。田原さんの後ろには女の人が立っていた。短い髪に黄緑色のワンピースを着ている。そして、小さな女の子と手を繋いでいた。

あの写真の女の子、わたしの腹違いの妹だ。

「はじめまして。わたしは田原晴子《はるこ》です。この子は娘の彩香《さやか》」

田原さんの奥さんは、屈託なく微笑む。

歳も田原さんと同じ四十代ぐらいに見える。田原さんと一緒に迎えに来ているとは思わなくて、頭が真っ白になって少しだけ固まってしまった。

でも、すぐに頭を下げる。

「こ、こんにちは。秋月沙織です。お世話になります」

「こちらこそ。わざわざ来てくれて、ありがとう」

「それじゃあ、行こうか」

田原さんはわたしの荷物を取って歩き出した。わたしもそのあとに続く。晴子さんはまだよちよち歩く彩香ちゃんを抱っこした。すると、すぐ横にある彩香ちゃんとわたしの視線が合う。まるで「この人誰？」というような、不思議そうな顔をしていた。

本当に来てよかったのだろうか。晴子さんと彩香ちゃんにとって、夫が前に結婚しようとしていた人の子供がわたしだ。目の上のたんこぶみたいな存在だと、今更ながら思う。ここまで来て帰ることなんてできないけれど、肩に力が入ってしまうのを感じた。

駐車場にあったのは、車高の高い白い軽自動車だった。勧められるまま後部座席に座る。隣のチャイルドシートに彩香ちゃんが乗せられた。

「えっと、彩香ちゃんはじめまして」

どう言っていいか分からず、ぎこちなく挨拶した。

なぜか彩香ちゃんは黙ったまま、ジッとこちらを見つめている。二歳なら少しはおしゃべりができそうな気もするけど、無口な子のようだ。

田原さんが運転席に座って、後ろを振り返った。

「沙織ちゃん。どこか行きたいところある？」

「え。田原さんの家に行くんじゃないんですか？」

わたしがそう言うと、前の席の二人がクスクス笑う。なにもおかしなことは言っていないはずだ。

「それじゃ、わざわざ福岡まで来てもらった甲斐がないだろう」

「先週誘ったばかりだものね。思いつかないなら、わたしたちに任せて」

目的地はもう決まっているようで、カーナビに行先を入力していく。わたしは美織お母さんの話を聞きたいけれど、それだけでは退屈だと田原さんは考えたのだろう。

でも、あっちゃんパパと裕二お父さんを傷つけてまで来たのに、自分だけ楽しんでいいのだろうか。

「出発するよ。シートベルトしてね」

ゆっくりと動き出す車。流れる景色を見ながら最後に見た二人の表情を思い出す。

大人だからか、出発するわたしに気を使わせないためか、表情に出さないようにしていた。でも、目だけは悲しげで――

あのあと、二人はどんな話をして家に帰ったのだろう。どんな気持ちで過ごしているのだろう。どちらにしても、決定的なことを言ってしまった。

何度も田原さんのことを本当のお父さんと呼んだ。つまり、二人のことをお父さんじゃないと否定すると同じことだ。

もう元の生活には戻らないかもしれない。あっちゃんパパと裕二お父さんは大事なことに嘘をついていたし、わたしは二人を傷つけた。

太陽の光を反射する水面を眺めながら車に揺られる。

田原さんが連れてきてくれたのは、マリンワールド海の中道というところだった。

つまりは水族館だ。すぐ隣に海がある水族館で、磯独特の匂いが入る前からした。

「はぐれないようにね、沙織ちゃん」

田原さんはそう言ってチケットを四人分買う。土曜日だけあって小さな子供を連れた家族連れが多かった。

やっぱり晴子さんと彩香ちゃんとはどう接していいか分からない。わたしは田原さんの横をキープしたまま、水槽を見ながら歩く。

「ん？　どうしたの？　お腹空いたの？」

前を歩くのは、彩香ちゃんを抱えている晴子さん。彩香ちゃんがなにも言っていないのに顔を見ただけで分かったようだ。彩香ちゃんは小さく頷く。

「ちょっと早いけれど、お昼にしましょうか。いい、沙織ちゃん？」

断る理由もないし、わたしも少しお腹が空いていたので「はい」と頷いた。大きな水槽を横目に、わたしたちはずんずん奥に進む。

進んだ先にレストランがあった。まだお昼ご飯の時間には少し早いので、並ばずに入ることができた。

「わあ。イルカを見ながら食事ができるんですね」

テーブルの横ではイルカが泳いでいる。きっと上ではイルカショーをしているのだろう。クルクルと身を回転させながら、気持ちよさそうに泳いでいるイルカは本当に可愛かった。

すっかり魅入っていると、田原さんが話しかけてくる。

「食券買ってくるよ」

わたしたちの注文を聞いて、田原さんがテーブルから離れていく。田原さんがいなくなると、晴子さんと彩香ちゃんとわたしの三人だけになった。

「えっと、イルカ可愛いですね」

少し落ち着かない気がして、誤魔化すようにイルカを見つめる。

「沙織ちゃん」

彩香ちゃんの鼻をティッシュでかんだあと、晴子さんが改まったように話しかけてきた。なにを言われるのだろうと、ドキドキしながら晴子さんの顔を見る。

「やっぱり緊張している？」

「……少しだけ」

素直に答えると、晴子さんは小じわが寄った目元を細めて、「そうだよね」と頷いた。

「あのね。あの人、先週沙織ちゃんに会って帰ってきてすごくはしゃいでいたの。とてもいい子で、仲良くなれたって。それで今日をすごく楽しみにしていたのよ」

あの人とは田原さんのことだ。晴子さんから聞くと、子供のように感じる。

「わたしも！　わたしも楽しみにしていました！」

一番の目的は美織お母さんの話を聞くことだったけれど、福岡に来ることを楽しみにしていたのは確かだ。

「わたしとあの人が出会ったのは博多の屋台でね。二人ともそこの常連客だったの。それであの人、毎回沙織ちゃんのことを話していた」

「わたしの、ことを？」

晴子さんは頷く。

「自分には娘がいるかもしれない。でも、今更どんな顔をして父親かもしれないと名乗り出ればいいんだって。毎晩のようにお酒が深くなってくると話すの」

お酒は飲んだことがないけれど、飲みすぎると本音を漏らしてしまう人がいると聞いたことがある。

「あの手紙もずいぶん出すのを迷っていたのよ。ポストに出しに行ったと思ったら、手紙を持ったまま帰ってきてしまって。元々、優柔不断なところがあるのよね。でも、やっぱり十五歳の誕生日にはお祝いして、名乗り出た方がいいって、ギリギリになってから送ったの」

そんなに悩んでいたなんて知らなかった。晴子さんしか知らない田原さんの一面だ。

「それでね。できたらあの人のこと、お父さんって呼んで欲しいの」

「え……」

晴子さんの言うことに目を瞬《またた》かせる。

「もちろん、今すぐにじゃない。けど、嫌じゃなかったら、あの人をできれば安心させてあげて欲しいの」

「だぁだ」

彩香ちゃんが小さな手を上に伸ばす。田原さんがトレイを二つ持って立っていた。

「はい。お待たせ」

わたしの前にカレーを置く田原さん。ご飯がイルカの形に盛られている。晴子さんの前にはハンバーガーやポテトだ。

「なにを話していたの?」

田原さんは彩香ちゃんの横に座る。晴子さんと二人で彩香ちゃんを挟む格好だ。彩香ちゃんを見つめる表情は柔らかい。お父さんの顔だ。

「イルカが可愛いねって。ねっ、沙織ちゃん」

「あ、はい」

そんな話は全然していなかったけれど、わたしは頷いた。

田原さんをお父さんと呼ぶ。それは簡単なことに思えた。だって、元々血の繋がったお父さんなのだから。今すぐは気恥ずかしくてできないけれど、タイミングがあればきっと呼べる。わたしは心の中でしっかり頷く。

「沙織ちゃん、こっち向いて」

呼ばれた方をパッと見ると、カシャッという音がした。田原さんが構えていたスマホだ。田原さんは「うん」と頷く。

「ちょうど、イルカと一緒に撮ることができたよ」

「変な顔していませんか？」

いきなりだったので、笑顔も作れなかった。

「自然体で、いい表情をしているよ。ほら」

見せてもらった画像は、変な顔はしていないけれど引き締まった顔とも言えない。それでも田原さんは明るい表情で、またスマホを構えようとする。

「せっかくだから、カレーを食べている写真も撮ろうかな」

「そ、そんな、わたしより彩香ちゃんを撮ってください」

彩香ちゃんはポテトを両手に持って、ご機嫌そうに食べている。

「もちろん彩香も撮るけれど、沙織ちゃんの写真が全然ないからね。貴重なワンシーンだよ」

田原さんはまたスマホのシャッターを切った。

――カメラといえば、と思い出す。

裕二お父さんは写真を撮るのが好きで、一眼レフカメラを持っている。すごく大事に手入れをしていて、自分の部屋に飾るように置いていた。

それなのに、ほとんどわたしの写真しか撮らない。小さい頃から運動会に音楽会、バスケの試合など、カメラを持ってきて写真を何百枚も撮っていた。走っている写真もバッチリ躍動的にその瞬間を切り取っているから、裕二お父さんの腕は相当なものだ。

そんな写真のアルバムがうちの居間にはたくさん置かれている。

もしかしたら、田原さんもその写真を見たら喜ぶかもしれない。

「あの」

「なんだい、沙織ちゃん」

「えっと、このカレー美味しいです」

でも、裕二お父さんの話をすることはできなかった。せっかくの楽しい空気に水を差す気がしたからだ。

お昼ご飯を食べ終わると、わたしたちは水族館の中を歩いていく。わたしも久しぶりに水族館を訪れたし、彩香ちゃんも可愛い魚を見つけては瞳を輝かせている。

暗がりの中に浮かぶ幻想的なクラゲの水槽。九州の魚たちがたくさん泳いでいる大水槽。つぶらな瞳のアシカが滑らかに泳ぐ。

海に面した場所でのイルカショーは、彩香ちゃんと一緒にはしゃぎながら楽しんだ。二人で並んで写真も撮ってもらう。まるでずっと一緒にいた妹のように可愛く思えてくる。

わたしたち二人を見ている田原さんも、晴子さんも嬉しそうだ。

迫力のあるイルカのショーを見たあとは、お土産を買いに行こうと言われ移動する。

そのとき、後ろから声をかけられた。

「あの、すみません。写真を撮ってもらえますか?」

振り返ると、二人の女の子が立っていた。高校生ぐらいだと思う。一人がわたしにスマホを差し出してきている。

「いいですよ。ここを押せばいいんですよね」

わたしは快く引き受けた。水槽の前で二人並んでポーズをとる女の子たち。スマホのボタンをタップすると、カシャッと音が鳴る。

「どうですか？」

スマホを渡すと、女の子が頷く。

「よく撮れています。ありがとうございます」

頭を下げて女の子たちは去っていった。

「お待たせ……あれ？」

わたしは勝手に田原さんたちがそばにいて、待っていてくれていると思っていた。だけど後ろを振り返っても、そこにあるのは知らない人たちの背中ばかりだ。

どうしよう。でもお土産を見に行くって言っていたから、先にショップに行っているかもしれない。急いでショップに向かおうとした。

そのとき、三人の背中を見つけて、ホッと息をついた。

なんだ。人の陰に隠れていただけで、近くで待っていてくれたんだ。見つかって良かったと、胸をなで下ろす。

「田原さ……」

だけど、話しかけるのをためらった。ラッコのプールの前で晴子さんに抱っこされた彩香ちゃん。その隣で笑う田原さん。三人は完璧な幸せ親子に見えた。

さっきまでわたしがその完璧な中に入っていたなんて思わせない自然さだ。

なぜだか、家に飾ってある写真を思い出す。

裕二お父さんが撮った、あっちゃんパパにわたしが抱っこされている写真だ。動物園で後ろに動物が写っている。そんな写真が何枚もある。小さな頃のわたしは特に象が好きだったようで、よく三人で動物園に見に行っていた。

あっちゃんパパと裕二お父さんが昔のことを話すとき、よくする話がある。ある日、小さなわたしが象の背中に乗ってみたいとせがんだそうだ。すると、あっちゃんパパが象と触れ合える動物園を探してきてくれた。

でも、いざ行くと近くで見る迫力に怖くなったのだろう。象に近づいても、あっちゃんパパに抱きついて離れなかったそうだ。怖がるわたしを抱っこしたあっちゃんパパが象の鼻に触れている。

そんな写真がアルバムの中にあった。

「沙織ちゃん」

田原さんがわたしに気づいて振り返った。ぼんやりしていたわたしは、慌てて笑顔を作って「お待たせしました」と近づく。

「それじゃ、お土産買いに行こう」

「はい……」

田原さんはわたしの横を歩いて話しかけてきた。

「お友達にお土産買わないとね。あ、秋月くんたちにも」

「……二人にはここで買うよりも、空港や駅で買ったものの方が喜ぶと思います」

「そうしたら明太子とかかな」

水族館のショップでは陽菜と高田くんにペンギンとラッコのキーホルダーを買った。田原さんが大きなイルカのぬいぐるみを買ってくれようとしたけれど、もう中三だからと断った。田原さんは肩を落としてしまう。申し訳なく思ったので、代わりに可愛いラッコが描かれたトートバッグを買ってもらった。

そのあと、水族館を出たわたしたちは田原さんの家に向かった。

田原さんの家は閑静な住宅街にあった。駅も程よい距離にあるようで、過ごしやすそうな町だと思う。田原さんの家は、白い壁に青い屋根のマリンカラーの建物だった。

芝生の庭もあって、柴犬が尻尾を振っている。

「ぽち郎《ろう》だよ。美織も犬を飼いたいって言っていたから、犬小屋も建ててあったんだ。もう十歳を超えているからおじいちゃん犬だね。ぽち郎、ほら沙織ちゃんだよ」

田原さんが屈んで、ぽち郎に話しかけた。わたしも近づいて、手を恐る恐る近づける。スンスンと匂いを嗅いで、合格だと言わんばかりに尻尾を振り始めた。

大人しい子で、お腹を撫でさせてくれる。温かくて、少し毛が硬い。

すると、庭に面した窓がガラリと開けられる。

「沙織ちゃん、疲れたでしょ。どうぞ中に入って」

顔を出した晴子さんが話しかけてきた。田原さんにも促《うなが》され、ぽち郎に手を振って家の中に入る。広さはわたしの家とそれほど変わらない気がするけれど、居間にあたる部屋は和室だった。

「一階は台所以外、全部畳にしているんだ。美織が、い草の匂いが好きだって言うから」

新しい畳のようで、爽やかな畳独特の匂いが香ってくる。遠慮がちに奥の方に行くと、壁際のローテーブルの上に美織お母さんの写真が飾られているのを見つけた。

「これ……」

わたしが指さすと、田原さんが振り返る。

「ああ、ずっと飾ってあるんだ。晴子も置いていていいって言うしね」

「でも彩香ちゃんにどう説明するんですか？　彩香ちゃんから見たら全く関係ないし……」

「そんなことないよ。お姉ちゃんのお母さんだって、ちゃんと説明するつもりだよ」

田原さんは微笑むけれど、わたしはなんだか上手く笑えなかった。

本当に田原さんはわたしと一緒に住むつもりなのかもしれない。陽菜と高田くんが言っていたことが思い出された。

この家にわたしが馴染《なじ》むようにちゃんと準備されている。そう感じた。

それから、ご飯の前にお風呂をいただいた。田原さんと晴子さんが疲れているだろうと勧めてくれたからだ。大きな湯船で肩までつかる。

お風呂は小学三年生まで、お父さんたちと一緒に入っていた。かわりばんこに一緒に入ると決めていて、裕二お父さんの帰りが遅いときはずっと起きて待っていた。それでも眠気には耐えられなくて、お風呂に寝ぼけまなこでなんとか入ってソファで寝てしまう。あっちゃんパパに運ばれて、ベッドに寝かされていたそうだ。

——こういうのをホームシックというのだろうか。

たった半日離れただけなのに、なぜだか昔のことをよく思い出す。

お風呂から上がると、入れ替わりで晴子さんと彩香ちゃんがお風呂に入った。麦茶が用意されていて、飲むと熱い体を冷ましてくれる。

「沙織ちゃん、アルバム見ないかい？　約束していたよね」

居間で田原さんが青い表紙のアルバムを掲げていた。きっと美織お母さんの写真だ。

「見ます！」

小走りで近づく。田原さんはローテーブルに最初のページを広げてくれた。

「これは二人で旅行をしたときのだね」

旅行先は秋の京都のようだ。赤い鳥居の前で二人が並んでいる。ソフトクリームを食べたり、着物を着ていたり。二人はとても楽しそうだ。見ているわたしも嬉しくなってしまう。

　ふと、気になる写真を見つけた。

「これは？」

「ああ。それは社員旅行のときの集合写真だね」

　摩周湖《ましゅうこ》と書かれた看板の前で三十人ぐらいの人が並んでいる。わたしは二人を探していく。田原さんの斜め前に美織お母さんがいた。

「あれ？　裕二お父さんは」

　まだ入社していない頃の写真かな。そう思ったけれど、田原さんが二人とは反対側の端にいる人物を指さす。

「秋月くんなら、ここにいるよ」

「え！」

　思わず目をこすりそうになった。小さな人影を穴があくほど見つめる。

　裕二お父さんは昔すごく太っていたって、あっちゃんパパは言っていたけれど……

　写真に写る裕二お父さんは本当に太っている。二重あごだし、張り出したお腹はどう見ても邪魔そうだし、背丈がある分、人より幅をとっていた。

「はじめて見た……」

これまで、裕二お父さんは絶対にわたしに昔の写真を見せなかったし、わたしもそれほど興味がなかった。勝手に今と同じようなものだろうと思っていたからだ。

顔を近づけてまじまじと見つめると、写真の裕二お父さんは眼鏡をかけて不機嫌そうにこちらを見ている。

「この頃の秋月くんは、あんまり頼りになりそうな感じじゃなかったな」

田原さんも目を細めて写真を懐かしそうに見ている。

「ミスを繰り返していたし、物覚えも悪い方だったし。一度、お母さんがお弁当を忘れたからって届けに来たときは驚いたな」

おばあちゃん、そんなことをしていたんだ。今では絶対に想像できない。

「だけど数年ぶりに会った同僚に秋月くんはどうしているかと、それとなく聞いたらすごく褒めていて驚いたよ。仕事もすごくできるようになったし、わたしがこっちに来て一年ぐらいですっかりスリムになったって。実際、年賀状で沙織ちゃんと一緒に写っているのを見たときには誰かと思ったよ」

裕二お父さんは変わったんだ。理香さんとお見合いしたときに、美織お母さんに期待されていたって言っていた。

だから――

「たぶん、美織お母さんのためだ」

「うん。きっと美織のため、沙織ちゃんのためだろうな」

「え？　わたしのため？」

予想外の言葉にわたしは目を瞬《またた》かせる。

田原さんは優しい微笑みを浮かべて壁の方を見つめた。そこには、田原さんと晴子さん、彩香ちゃんの家族写真が飾られている。

「わたしも子供ができて分かったよ。家で彩香が待っていると思うだけで、仕事も前よりもずっと頑張れるようになったんだ。まぁ、早く帰って彩香に癒《いや》されたいというのもあるけれどね」

写真から目を離して、田原さんはわたしを振り返る。

「それに、沙織ちゃんのもう一人のお父さんはあまり稼ぎがなかったんじゃないかな。まだ十代だったって聞いていたからね。だから稼いでくるのは秋月くんしかいなかった。頑張るしかないとはいえ、すごいよ。彼は」

わたしはもう一度、しっかり裕二お父さんの写真を見つめる。

会社に入りたてだから、まだ二十二、三歳のはずだ。こんなに太っていたのに今のように痩せてしまうぐらい働いた。それも自分の子供ではないと分かっている娘のためにだ。仕事もバリバリできるようになって、転職だって上手くいった。

あっちゃんパパだって、その頃十八歳だった。大学生だったら、まだ遊んでいるような年頃だ。それなのに家族のために家事や育児をしたり、仕事を探したりと自分の時間を割《さ》いてきた。

「お待たせ、沙織ちゃん。お夕飯にしましょう」

「あ、はい……」

振り返ると、晴子さんと彩香ちゃんがお風呂から出てきたところだった。少し名残惜しく感じながら、アルバムから視線を外す。

晴子さんは居間の子供用の椅子に彩香ちゃんを座らせると、すぐに台所で作業を始めようとする。わたしは立ち上がって台所に駆け寄った。

だけど、到着するやいなやクルリと回転させられて背中を押し返される。

「いいの、いいの。沙織ちゃんは今日の主役なんだから。あなた、手伝って」

晴子さんに呼ばれて田原さんが来たので、わたしは手持ち無沙汰になる。仕方ないので、居間に戻って彩香ちゃんと一緒に待った。

ハンバーグにスープにポテトサラダ。

すぐにテーブルの上は美味しそうな大盛りの料理でいっぱいになった。

「沙織ちゃん、十五歳の誕生日おめでとー」

晴子さんの拍手と一緒に、大きなホールケーキが運ばれてきた。犬や猫の砂糖菓子の人形がのせられ、中央のプレートには「沙織ちゃん誕生日おめでとう」と書かれている。田原さんがテーブルの中央に置く。

見知らぬ土地に来て忘れていたけれど、今日は自分の誕生日だった。

しゃがんだ晴子さんが彩香ちゃんの顔を覗き込む。

「ほら、彩香」

「ねぇーちゃ、おめでとっ」

たどたどしい口調で、彩香ちゃんがおめでとうと言ってくれた。

「これはなにがいいか分からなかったけれど、プレゼント」

田原さんに筆箱ぐらいの大きさの箱を渡される。お礼を言わなければならない。けれど、口からは小さく嗚咽《おえつ》が漏れる。

温かく祝ってもらえて嬉しかった。だけど、わたしは――

「どうしたの、沙織ちゃん」

単に嬉しくて涙ぐんでいるわけではないと感じ取ったのだろう。田原さんがわたしの顔を覗き込んでくる。

止めないといけない。でも、とめどなく涙があふれ出た。

「ごめんなさい。わたし、わたし……」

「やっぱり、わたしが父親だと正直に名乗り出なかったことが悲しいのかな」

田原さんの声は落ち込んでいる。わたしは首を横に振る。

「ち、違います。田原さんのこと、……お父さんとは呼べなくて」

「なんだ。そんなこと。急には無理に決まっているよ」

絞り出すようになんとか気持ちを言葉にしていく。

「それだけじゃなくて。今日一日、ずっと頭の中にあったのは二人の父のことなんです。わたしのお父さんは、やっぱり裕二お父さんとあっちゃんパパなんです」

わたしが言い終わるまで、田原さんたちは黙っていてくれる。

「でも今日、ここに来る前にすごく傷つけちゃった。どうしよう。もう、本物の親子じゃないから戻ってくるなって言われたら、わたし……」

旅立つ前に、散々田原さんのことを本当のお父さんと呼んだ。まるで育ててくれた裕二お父さんとあっちゃんパパは偽物だと言っているように聞こえただろう。

福岡から帰ったら、わたしなんてもう関係ないって、あっちゃんパパと裕二お父さんに言われたらどうしよう。

やっと本当に帰りたい場所が分かったのになくなってしまう。

嗚咽《おえつ》を止められずにいると、温かい手の平が背中に添えられた。

「大丈夫だよ、沙織ちゃん。きっと二人はそんなことは言わないよ。少なくとも秋月くんはそうだと思う」

田原さんが目を細めて笑っている。その姿は優しいお父さんそのものだ。

でも、やっぱりわたしのお父さんはあっちゃんパパと裕二お父さんだけなんだ。

「沙織ちゃんをそう簡単に手放すわけないよ」

「でも……」

「大丈夫。そうだ。家に電話をしてみようか。誕生日だからね」

田原さんはテーブルの上に置いてあったスマホを取って操作する。

電話はすぐに繋がった。

「あ。秋月くん。田原です。うん。沙織ちゃんは、元気にしているよ。今、電話を代わります」

わたしは差し出されたスマホを顔に近づける。

「沙織？」

「裕二お父さん。今日、ごっ、ごめんなさい……」

大きくなっていく嗚咽《おえつ》。わたしはなんとか堪えながら謝った。すると、スマホの向こうから反応がある。

「沙織、泣いているのか？」

「沙織ちゃん、泣いているの⁉」

あっちゃんパパの声もする。その声が胸にジンジンと響いた。

「あのね。わたし、二人に言わないといけないことがあるの」

できるだけ言葉に心を込める。

「裕二お父さん、あっちゃんパパ。これまでわたしのこと育ててくれて、ありがとう。

すごく感謝しています」

二人は黙っている。沈黙が続いて、なんだか急に恥ずかしくなってきた。

「それだけだから！」

わたしは電話を切る。スマホを返そうとすると、田原さんは眼鏡を外して目元を拭っていた。

「あの、電話ありがとうございました」

なんだか恥ずかしくてうつむいたままスマホを返す。

「さ。それじゃ、パーティにしましょう。今日は沙織ちゃんの誕生日なんだもの。もうこれ以上、涙はなしね」

晴子さんの言うことに、「はい」とできるだけ元気に返事をする。

美味しい料理を食べて、ケーキを食べて、誕生日がやっとやってきた気がした。

9

寝る時間になるまで、わたしは自分のことをたくさん話した。わたしの話には必ずあっちゃんパパと裕二お父さんが出てくる。

田原さんは優しく相槌を打ち、晴子さんも一緒に笑って聞いている。彩香ちゃんは先に寝室で布団に入っていた。

一通り話すと、ふと気になることが頭に浮かんだ。

「そういえば、美織お母さんが暮らしていた施設のことを知っていますか?」

美織お母さんが暮らしていた児童養護施設は、あっちゃんパパが暮らしていた施設と同じだ。あっちゃんパパは全然話してくれないけれど、二人が育った場所がどういう場所か、興味があった。

「ああ。美織から聞いたことがあるよ。確か、こども桜園《さくらえん》っていうところだったはずだ」

田原さんはわざわざスマホで検索してくれる。

「一件だけだね。神奈川県の鎌倉にあるみたいだ。近くに行ったこと、あるな……。美織が育ったところだから挨拶に行こうと思ったんだけど、美織が子供が生まれてからって言っていたから」

「鎌倉……」

鎌倉といったら大仏を思い出すけれど、よく知らない。

確か海が近かったはずだ。お母さんが好きな海。きっと海の近くで育ったから、海が好きなんだ。——どんな海なのだろう。

「どんなところか行ってみたいよね。明日、二人で行ってみよう」

わたしの表情を見てか、田原さんが提案してくる。

「え！　でも」

軽く言う田原さん。鎌倉に行くとなったら、飛行機で羽田に行って、そこから電車を乗り継いでいくはずだ。

わたしは帰るついでに寄ることも可能だけれど、田原さんは大変な旅行になってしまうのではないだろうか。先週、わたしの住む町に来たばかりなのに。

だけど、田原さんは気にした様子もなく、晴子さんを振り返る。

「いいよね、晴子」

「ええ。それぐらいの旅行軽いものでしょ。十五回分のお誕生日のお祝いですもの」

「だよね」

こうして、わたしと田原さんは明日の朝早くに福岡を発《た》つことにした。

翌朝。わたしが元々夕方に予約していた飛行機のチケットは、朝の出発便に変更することができた。

玄関を出たところで振り返る。

「晴子さん、とてもお世話になりました。彩香ちゃん、またね！」

「また遊びに来てね」

「はい。また！」

晴子さんと彩香ちゃんに手を振って、田原さんの車に乗り込む。

少し車を走らせると、田原さんが口を開く。

「本当はね。沙織ちゃんと一緒に住めたらなと思っていたんだ」

わたしは少しだけソワソワとする。やっぱり、そう思っていたんだ。

「でも、昨日の様子で、沙織ちゃんをお父さんたちと引き離すのは残酷だと思ったよ。地元にお友達もいるしね。わたしは遠くから見守ることにするよ。連絡するからね」

「田原さん……」

少し寂しそうな田原さんの横顔。でも、田原さんはすぐににっこりと笑った。

「そうだ！　大学に進学するときは、福岡の大学も候補に入れてくれたら嬉しいな。そうしたら喜んで下宿先を提供するよ」

わたしもつられて、くすりと笑う。

「そうですね。まだまだ先の話だけど考えてみます」

「はは。四年なんてあっという間だよ。わたしにとっては、明日みたいな話さ」

そうだろうか。中学もあと一年、高校だって丸々三年もある。田原さんはおかしなことを言うなと思わず笑ってしまった。

福岡空港から羽田空港へ。

飛行機は一時間ほどで着き、そこから鎌倉行のリムジンバスに乗った。東京の高速道路を走って、町中を進んでいく。リムジンバスが鎌倉駅の前についた。

「うわ、すごい人」

日曜日だからだろうか。外国人観光客の姿も多い。

「日本の古都だから観光名所も多い。もし施設の人と会えなかったら、観光して帰ろうか」

「そうですね」

でも、せっかくだから美織お母さんとあっちゃんパパが育った場所を見てみたい。

「鎌倉についた記念に写真を撮らないとね」

「えっ、こんな場所でですか？　やめましょうよ」

そう言うけれど、構わず田原さんはスマホを取り出した。

「あ、機内モードにしたままだったな。ん……？」

スマホの画面を見たまま難しそうな顔をする。

「どうかしたんですか？」

「着信がたくさん来ている。しかも、全部秋月くんからだ」

「え……」

――裕二お父さんからの大量の着信。どうかしたのだろうか。もしかしたら、あっちゃんパパになにかあったのかもしれない。悪い知らせじゃないといいけれど。

わたしはドキドキしながら、田原さんが電話をするのを見守った。

「あ、秋月くん、どうしたの。え、今、福岡？」

ん？　福岡？　なにを話しているのだろう。

よく聞こえないけれど、耳をそば立てる。微かに裕二お父さんの声がした。

「えっと、わたしと沙織ちゃんは今、鎌倉に来ているんだが。いや、美織のいた施設に行くために。……う、うん。じゃあ」

田原さんは理解に苦しむといった顔をしている。

「……どうかしたんですか」

「うん。秋月くんたち、今、福岡にいて、これからこっちに来るって」

「こっちって、鎌倉に？　裕二お父さんとあっちゃんパパが？」

田原さんはゆっくりと頷いた。

な、なんで？　わざわざ福岡に行ったことも謎だけれど、家に帰るわけでもなく鎌倉にまで来るなんて。

もしかしたら昨日、わたしがお礼を言ったことが気に入らなかったのかも。あれだけ父親じゃないなんて言いながら、都合のいいことを言うな、とか、そんなことを思っているのかもしれない。わたしの不安を感じ取ったのか、田原さんが気づかわしげに話しかけてくる。

「まぁ、うん。来るっていうから、来たら聞いてみるといいんじゃないかな」

「そう、ですよね」

「とりあえず、お昼ご飯食べようか」

小町通りには、雑貨のお店や食べ物のお店が並んでいる。でも、人がいっぱいでゆっくりは見られない。それは飲食店も同じだった。

「どこも混んでいるな。沙織ちゃん、こうなったら好きな店を選んで並ぼう。どこがいい？」

田原さんが小町通りの飲食店を検索した画面を見せてくる。わたしは指で操作した。和食にパスタ、ステーキもある。

「あ。カレー。ここがいいです」

カレーが食べたい気分だった。カレーのお店に行ってみると、かなり並んでいる。

でも、順番をスマホで知らせてくれるようなので、待っている間に小町通りを見て回る。ご飯の前なのに我慢できなくて抹茶ソフトを食べた。雑貨店を見ている間に、順番が来る。

お昼ご飯としては遅くなったけれど、カレーを食べながら田原さんと話をする。

「美織の暮らしていた施設はこの小町通りから脇道に入って、十五分ぐらい歩いた場所みたいだ。少し遠いけれど歩けるかな」

「もちろんです」

きっと美織お母さんも歩いた道だ。どんな景色を見てきたのか、わたしも知りたい。

ご飯を食べ終わると、わたしと田原さんは施設へと向かった。

小町通りを一本脇道に入る。通りとは違い、人の数はグッと減った。車が一台だけしか通れない道の家々を見ながら歩く。

踏切を渡って、お寺の前を通り過ぎる。さらに細道に入っていった。

当たり前だけど、わたしの住む町とは違う。おしゃれな洋服店がある一方で、小さな祠《ほこら》も見かけた。今と昔が混ざり合うような不思議な空気を感じる町だ。

左手に古い竹垣が続く道を歩いているときに、田原さんがつぶやく。

「このあたりみたいだけど」

見る限り、施設らしきものはない。

「あ。あの人に聞いてみましょう」

白髪のおじいさんが一人、買い物袋を提げて歩いていた。

「すみません。このあたりに、こども桜園ってありますか」

わたしが尋ねるけれど、おじいさんは黙ったままだ。

「あの」

耳が遠くて聞こえなかったのかと、もう一度言い直そうとする。

「沙織か」

「え」

突然、名前を呼ばれたことに身じろぎする。陽に焼けた肌、顔には深いしわがある。

どう考えても、見ず知らずのおじいさん。

どうしてわたしの名前を知っているのだろうか。答えはすぐにおじいさんが教えてくれる。

「俺はこども桜園の施設長。鉄男《てつお》っつうもんだ」

「施設長……」

偶然の出会いに、わたしと田原さんは顔を見合わせた。

鉄男さんと名乗ったおじいさんは、背筋もしゃんとしている。白髪じゃなければ、おじいさんとは思わないだろう。

身寄りのない子供たちが集まる施設の先生といったら、勝手に優しいおばさんをイメージしていた。偏見のように聞こえるかもしれないけれど、鉄男さんの視線は優しいというより鋭いナイフのようだ。

でも、この施設長のおじいさんなら美織お母さんのことも、あっちゃんパパのことも、よく知っているかもしれない。

胸を弾ませながら、鉄男さんのあとをついていく。

古風な木製の門構え。看板などはかけられていなかった。奥の敷地には瑞々しい樹木が植えられている。もしかしたら、桜の木かもしれない。

建物も施設というよりも、一般の大きな平屋の日本家屋に見えた。鉄男さんは引き戸のドアをガラガラと開ける。

するると、奥から子供たち二人が駆け出てきた。

「お帰り、てっちゃん！」

「アイス買ってきた？」

鉄男さんはてっちゃんと呼ばれているらしい。二人の子供はわたしたちを見ると、驚いたように固まる。鉄男さんは持っていた買い物袋から箱のアイスを取り出した。

「ほら、アイスだ。お客さんだから居間を片付けてくれ」

アイスを受け取って、子供たちは奥へと駆けていく。中は外観から想像したよりもかなり広いようだ。

入ってすぐ正面が畳の居間だ。アイスは一旦冷凍庫に入れたようで、子供たちが散らかっている本やおもちゃなどを急いで片付けている。

鉄男さんが振り返って、親指で居間を指さした。

「上がんな」

「お邪魔します」

わたしと田原さんは靴を脱いで上がる。子供たちが座布団を敷いてくれ、目の前のテーブルに麦茶も出された。鉄男さんは正面に座ると、早速切り出してくる。

「それで、美織の子の沙織だろ」

「わ、分かりますか！」

わたしは自分の顔を押さえた。やっぱりお父さんたちが言う通り、わたしは一目で分かるぐらい美織お母さんに似てきたんだ。

「どれ」

鉄男さんはさらに奥の部屋のタンスを開けて、取り出した紙の束をテーブルに無造作に置いた。

「暁也から毎年年賀状が来るからな。最近、写真はないが」

少しだけガッカリする。ここでも年賀状だ。まさか、毎年駆け込みで作っている年賀状をこんなに大事に取っている人たちがいるとは思わなかった。

「沙織、暁也はどうした。この人は」

鉄男さんは視線だけで田原さんを示す。

「えっと、血の繋がったお父さんです」

わたしが紹介すると、田原さんは少し申し訳なさそうに頭を下げた。

「田原勝彦です。あの、美織から話は聞いています。とてもいい先生だったと」

「だった？」

低い声で鉄男さんが言うので、田原さんがビクリと震える。

「すみません。ご健在なのに、失礼でしたね」

「いや。子供たちのいい姉御だったのは美織の方だからな」

膝をついて、視線を逸らす鉄男さん。

逸らした先の柱には子供の身長を記録しているのだろう、傷と名前がたくさん付けられている。これでは、誰が誰のものかも分からない。

もしかしたら、そこに子供の頃の美織お母さんを見ているのかもしれなかった。

しばらくすると、鉄男さんはふぅと息を吐く。

「しかし、そうか。あの二人は父親じゃなかったのか。まぁ、俺は最初からおかしいと思っていたけどな」

かなり落ち着いた発言だ。わたしは施設と美織お母さんの関係を聞きたくて、身を乗り出した。

「あの、美織お母さんは大学生や社会人になっても、よくここに来ていたって」

「ああ。美織に世話になった子は、もう全員巣立ったがな。月に何度も来て、手伝っていってたな。子供たちと遊んだり、勉強を見てやったり。頼んでもいないのによ。それに比べて暁也の奴ぁ」

ビクリと肩が震えてしまう。鉄男さんの視線に殺気が込められている気がした。

こんなに怒らせるなんて、あっちゃんパパはなにをしたのだろう。

「全く連絡をよこさない上に、沙織を連れてこないでやがる。連れてこいっつっても忙しいからの一点張り。仕舞いには沙織だけが来てんじゃねぇかッ！」

ダンッとテーブルを叩くので、わたしの心臓の方が縮み上がった。だけど、鉄男さんはすぐに一転して震えるような声で吐き出すように言う。

「……たくよぉ。子育てが大変なのは分かってんだ。あの暁也が父親なんてよぉ」

――あの暁也。

あっちゃんパパはちゃんとした父親だ。でも、鉄男さんはそうは思っていなかったようだ。

「あっちゃんパパ。暁也お父さんはどんな子供だったんですか？」

自然と知りたいと思った。

子供たちの明るい声が庭から聞こえてくる。子供の頃、あっちゃんパパも同じように元気に遊んでいたのだろうか。

「あいつは美織と違って、本当に手がかかる子供だった」

あっちゃんパパ自身も、やんちゃな少年だったと言っていた。

でも、続く鉄男さんが語ることに、そんな生半可な表現では収まらないことを知る。

「暁也の両親は火事で亡くなったんだが、元々近所でも有名な悪ガキだったらしい。ここに来てもそれは変わらなかった。いや、どんどんエスカレートしていった。なにせ小学生のときから警察の世話になるようなガキでよ」

「え……」

「人の家に落書きしていただの、深夜に徘徊《はいかい》していただの。月に何度も警察に謝りに行った。中学に入ったらグレて、完全な街の厄介者だよ」

わたしは耳を疑った。今のあっちゃんパパからは全く想像できない姿だ。

「もちろん高校には行けず、バイトも長続きしない。だからって施設でそう面倒をみられるもんじゃない。まあ、中学を出る頃には、ほとんどここにも寄り付かなくなっていたんだが。そんなとき、また警察の世話になってな。迎えに行った俺がいい加減、自分の面倒は自分で見ろと言ったら、美織を頼って東京に飛び出していったんだ」

「そうだったんだ」

ぼんやりとした言葉しか出てこなかった。平凡なわたしからは想像もできない、あまりに激動の少年時代だ。

鉄男さんは目を細め、わたしをジッと見つめて聞いてくる。

「なぁ、沙織。暁也の奴はちゃんとお前さんの父親をやれているか？」

よほど心配だったのだろう。わたしは鉄男さんの心配を吹き飛ばそうと胸を張った。

「もちろんです！　あっちゃんパパは優しくて、絵を描くのもすごく上手くて、それに美味しいご飯をたくさん作ってくれるんです！」

鉄男さんは「そうかい」と視線を伏せる。

「ここじゃ、目玉焼きの一つも作れなかったのにな」

つまり、あっちゃんパパはわたしが生まれたあと、すごく努力してくれたということだ。――裕二お父さんと同じように。

「……あのときは、みんな必死だったからな。いや、必死にならざるを得なかった」

鉄男さんの声はどこか涙が滲《にじ》んでいるようだった。

「あのとき、というのは。もしかして」

今度は田原さんが身を乗り出す。深く頷く鉄男さん。

「ああ。美織が事故に遭ったときさ。昨日は十五回目の命日だったな。あの日は東京では大雨が降っていたらしい」

鉄男さんは窓から見える晴れた空を見る。

「俺は美織の会社から電話があって驚いた。美織がスリップした車に衝突されたとな。緊急連絡先がウチになっていたんだな。それで俺は暁也に連絡して、すぐに病院に行けと言った。俺が病院に着いたときには、もう……、美織は亡くなっていた」

田原さんは親指の腹で、グッと目元を拭う。

「病院にいたのは、暁也と美織と一緒に歩いていたという秋月くんだ。その秋月くんは憔悴《しょうすい》しきった様子で言うんだ。車に轢《ひ》かれたとき、お腹をかばっていた。最初は意識があって、ずっと赤ん坊の方を優先してくれと美織が言っていたと。病院はその言葉通りにした」

二人のお父さんからは美織お母さんは事故に遭ったとしか聞いていない。詳しい状況を知って、また涙が出てくる。

「……ただ、そうやって必死に取り上げた赤ん坊も命が危なかった」

意外なことを言われて、わたしは顔を上げる。

美織お母さんだけじゃなくて、わたしも命が危なかった？

「当たり前だよな。母体に強い衝撃があったんだ。しかもまだ八か月。赤ん坊はＮＩＣＵに入れられた」

「ＮＩＣＵ？」

聞いたことのない単語だ。

「ああ、新生児のための集中治療室だ。生まれたときに二千グラムもなかったからな。こう、透明なケースに入れられて、色んな管が繋がっているんだ。それが痛々しいって、代表して入った秋月くんが言っていたな」

知らなかった。早く生まれたことは知っていたけれど、そんなところに入っていたなんて二人とも全く話してくれなかった。

――どうして二人は話してくれなかったのだろう。

「そのＮＩＣＵには、他の赤ん坊もたくさんいるんだけどよ。その子たちにはちゃんと母親がいて、自分の母乳を届けているんだよ。でも沙織にいるのは男親だけだから、それもできない。近くで見守ることすらできない。ばい菌が入らないよう厳重に管理されているから、滅多にNICUに入ることもできなかったんだ。だから、赤ん坊が出てきたら、外で暮らせるほど丈夫になったら。あいつら二人は全力で沙織を守ろうとしていたんだ。家の環境を整えたり、育児を勉強したり」

子育ては大変だったって、裕二お父さんとあっちゃんパパは美織お母さんのお墓の前で口癖のように言う。ただの決まり文句のように聞き流していたけれど、いきなり父親になった二人にとって本当に大変なことだったんだ。

それは今のわたしでは、想像もできないほどのことだろう。

田原さんが震える声で言う。

「どうして、……どうして、そんなに大変なのに二人は父親として名乗り出たのでしょうか。なにも言わなければ、本当の父親が名乗り出ていたのに」

田原さんも初めて聞いた話に動揺を隠せずにいた。

鉄男さんは当たり前のように言う。

「みんな、代わりのない、かけがえのない命を守ろうと必死だったのさ」

美織お母さんの話、あっちゃんパパの話、わたしの話。三人で話している間に、あっという間に時間は過ぎていく。

「えー？　お姉ちゃん、もう帰っちゃうの？」

「もっといればいいのに」

少しの時間しか一緒に過ごしていないのに、こども桜園の子たちもなついてくれた。けれど、わたしの帰る場所は決まっている。

玄関を出たところで、わたしは深く頭を下げた。

「今日はいきなり来たのに、ありがとうございました。たくさんお話を聞けて嬉しかったです」

鉄男さんは口の端をくいッと上げて笑う。

「ああ。また来なよ。次来たらサーフィン教えてやるよ」

サーフィン！　だから、鉄男さんは日に焼けて元気にしているんだ。

「それじゃ」

――また遊びに来ます。そう言おうとしたときだ。

「沙織ちゃん！」

「沙織！」

聞き慣れたこの声は。

わたしは門の方を振り返る。

「裕二お父さん！　あっちゃんパパ！　なんでここに⁉」

息を切らし、膝に手をついて二人が並んで立っていた。

裕二お父さんがグッと眉間にしわを寄せて訴えてくる。

「なぜって、沙織と離れたくないからじゃないか。昨日、お別れの言葉を言われたけれど、俺たちは全く納得していない！」

お別れの言葉？　それってなんのことだろう。

そう聞こうとしたら、あっちゃんパパにぎゅっと頭を抱かれた。

「沙織ちゃんはパパたちの子供よ！　たとえ本物のお父さんがいても！」

「う、うん……」

二人は盛り上がっているけれど、わたしはいまいちついていけない。

どうして別れを告げたことになっているのだろう。すると、田原さんの、ははははという笑い声が聞こえた。

「もしかして、昨日沙織ちゃんが言った『これまで育ててくれて、ありがとう』って言葉を、お別れの言葉だと思ったのかな」

なるほど、と思った。

二人は昨日のわたしからの電話をお別れの挨拶だと勘違いしたんだ。それで慌てて福岡まで行ったり、ここまで追いかけてきたりしたみたい。

「違うの？」

「違うのか？」

あっちゃんパパと裕二お父さんが、わたしの顔をまじまじと見つめてくる。

「うん」

わたしが頷くと二人は、はぁーと大きなため息を漏らした。一気に脱力したような表情になる。

これで万事解決。ところが、そう思ったのは、わたしだけみたいだ。

二人は顔を見合わせて怒鳴り合いを始める。

「だから言ったんだ、暁也。福岡にまで押しかけるのは早計じゃないかって」

「なに言っているのよ、裕二。福岡に着いたとき、電話が繋がらないって慌てふためいたのはどこの誰？」

「なんだと⁉　お前がどうしても沙織を連れ戻すって聞かないからだろうが！」

「なによ！　あんただって、昨日沙織ちゃんの話を聞いて顔を真っ青にしていたじゃない！」

「もーッ！　ここまで来て、ケンカしない‼」

これまで通りで喜んでいいのか、悲しんでいいのか分からない。

まだ睨み合っている二人を見て、ふと、さっき疑問に思ったことを聞いてみようかと思い立つ。

「裕二お父さん、あっちゃんパパ。聞きたいことがあるんだけど」

「なんだ？」

「なんでも聞いていいのよ？」

少しだけ口調が冷静になった二人に、わたしは「うん」と頷く。

「鉄男さんから聞いたんだけど、事故に遭ったときに、美織お母さんはお腹にいた赤ん坊のわたしをかばったんでしょ。どうしてそのことを言わなかったの？」

裕二お父さんとあっちゃんパパは目を丸くする。

誰もなにも言わず、家の中にいる子供たちのはしゃぎ声だけが微かに聞こえてきた。

二人は目も合わせないまま、裕二お父さんからポツポツと話し始める。

「それはだな。……沙織を育てるときに二人で決めたんだ」

「実はお前たちじゃ頼りないから、沙織ちゃんをここことは違う施設に預けた方がいいとも言われたのよ」

「え……」

想像もしなかった、あったかもしれない選択に言葉を失くしてしまう。

違う施設に預けられる。それは二人のお父さんでもなく、田原さんでもなく。全く別の場所で育ったかもしれないということだ。

裕二お父さんは指を広げて、顔を隠すように眼鏡を持ち上げる。

「それでも俺たちは沙織を育てることにした。美織さんがお腹を大事にしていたということもある。けれど生まれてきた小さな沙織を見て、ただ単純に大切にしたい。どんな不幸からも遠ざけたい。俺たち二人はそのためならなんでもする。そう思ったんだ」

あっちゃんパパが目を細めて切なく笑う。

「そう。だから、美織ちゃんのことも自分のせいで……なんて、もしかしたらそんな風に思ってしまうかもしれないじゃない。少しでも悲しむ沙織ちゃんを見たくなかったの。だから、これだけは詳しく話さないようにしよう。そう、二人で決めたの」

胸が締め付けられるような思いがした。

ちょっと変わっているけれど、ごく普通の家族として生活をしている。

ずっと、そう思っていた。

でも――

わたし、ずっとお父さんたちに守られていたんだ。それこそ、普通の家族以上に。

その事実に気づいただけで、胸の中もなにもかも、全てが満たされたような心地がする。

ぼんやりとしていると、わたしの右肩にポンと手を置かれた。

「よお、暁也。いい男になったじゃねぇか」

振り返ると肩に手を置いたのは鉄男さんだ。

あっちゃんパパは鉄男さんを見ると、途端に顔をしかめて、そっぽを向いた。

「げっ、じじぃ！　なっ、なんのことだよ。というか、沙織ちゃんに勝手に話してんじゃねーよ！」

すごくぎこちないけれど、あっちゃんパパの男言葉なんて初めて聞いた。鉄男さんは気にした様子もなく、わたしを見ながら言う。

「たまには沙織を連れて遊びに来いよ」

「わたし、一人でも来られますよ」

なんといっても福岡まで一人で旅をしたのだ。飛行機で行くことに比べたら、鎌倉くらい簡単に来られる。

「さ、沙織ちゃん。ひっ、一人でなんて来させられない、ぞ！」

ここまで狼狽《ろうばい》している、あっちゃんパパも珍しい。

「秋月くん」

それまで黙って見守ってくれていた田原さんが、裕二お父さんに話しかけた。裕二お父さんは気まずいのか、明らかに肩に力が入った様子だ。

「田原さん。えっと、昨日、今日と沙織がお世話になりました」

ぎこちなく裕二お父さんが頭を下げる。田原さんはゆっくりと目を細めて、裕二お父さんの肩にそっと手を置く。

「いいや。沙織ちゃんと過ごせて楽しかったよ。沙織ちゃんも言っていたけれど、これまで育ててくれてありがとう。――本当に」

裕二お父さんはしばらく田原さんの顔を見つめていたけれど、眼鏡のブリッジをクイッと上げた。

「……いいえ。父親ですから」

田原さんは満足そうに微笑んで頷く。

「うん。それでも、ありがとう。じゃあ、帰りは二人にお願いしようかな。また福岡に遊びに来てね、沙織ちゃん」

そのまま、田原さんは家族が待つ福岡へ帰っていった。


鉄男さんとも門のところで挨拶を交わして別れる。

「さて、家に帰るか」

「あ。待って、裕二お父さん。せっかくここまで来たから――」

数分後。わたしたち三人はタクシーで移動していた。

細かな砂に足を少し取られながらも、波打ち際に向かって歩いていく。

やってきたのは由比ヶ浜《ゆいがはま》だ。湾曲に広がる砂浜には、さざ波の音が絶えず鳴り響いている。海風も冷たく心地良い。

美織お母さんも好きだっただろう海。

眼鏡の奥の目を細めている裕二お父さんも、きっと同じことを考えているはずだ。

あっちゃんパパはなにも言わないけれど、懐かしそうに海を眺めている。

わたしもよく目に焼き付けておこう。

さざ波の立つ、広い海原《うなばら》にはたくさんの人が集まっている。

水平線の向こうにまで出ているようなヨットの帆。波をかいていくサーファーたち。大きな犬を散歩させる人。友人たち、恋人たちで歩く人々。

わたしたち家族も、波打ち際をゆっくりと散歩する。

「ねぇ、あっちゃんパパ。ここで美織お母さんとよく遊んでいた？」

「そうね。美織ちゃんもよく来ていたけど、歳が離れているから遊ぶという感じではなかったかしら」

「なんだ、暁也。男言葉はやめたのか」

裕二お父さんの声は、少しからかいまじりだ。

「……じじぃの前では、ね」

あっちゃんパパは、鉄男さんに女性っぽい口調を聞かれるのが恥ずかしいみたいだ。もしかしたら、ずっと施設を訪れなかったのは、そのせいかもしれない。

「でも鉄男さん、寂しがっていたよ。一番手がかかる子だったのに、全然連絡してこないって」

うっと声を詰まらせる、あっちゃんパパ。

「でも、ほら。パパってこんなだし」

「こんなでも！」

今更なのになにを恥ずかしがっているのだろう。

「そうだ。裕二お父さん」

風に吹かれて乱れる髪を押さえながら、今度は裕二お父さんを振り返った。裕二お父さんは前髪を風に吹かれるままにしている。

「ん。なんだ、沙織」

「理香さんともう一度会おうよ。結構、気が合ったんでしょ」

「ゴホッ！　な、なんで、理香さんの名前が！　そもそも、どうして沙織が知って……。いや、もう、お見合いは終わって……」

理香さんの名前が出ただけで、見るからに動揺する裕二お父さん。

「実はわたし、理香さんと連絡取っているんだ。親身に相談に乗ってくれて、すごくいい人だよ！　裕二お父さん、理香さんと相性いいと思うし、初恋をこじらせている場合じゃないよ」

家族を大事にしてくれることは嬉しい。けれど結婚前提にしなくても、理香さんみたいに気の合う女性と交流があった方がいいと思ったのだ。

わたしは自分の胸に右手を当てて、二人に向けて話す。

「それにね。わたし、四年後には大学生だよ。家を出ちゃうんだよ」

「あら、家から通える大学に行けばいいじゃない」

「そうだな。短大も通学圏内だぞ」

すごく当たり前のように言う二人に少しだけ驚く。

まさかそれを見越して、あそこに家を建てたのではと勘繰ってしまった。

だけど、それもきっと全てわたしのことを考えてのことだろう。

——この四月からの数か月で分かったことがある。

わたしがすごく祝福されて生まれてきたということだ。

美織お母さんも、田原さんもわたしが生まれることを楽しみにしていた。

でも、十五年前、ボタンの掛け違えが起きてしまった。

それでも、掛け違えたボタン——あっちゃんパパと裕二お父さんはわたしをとても大切に育ててくれたのだ。

もちろん、なにも疑問に思わなかったわけではない。周りの人に不思議に思われることもあったし、衝突することだってあった。

でも、そんなのは些細《ささい》なことだと今なら思える。

わたしをよく理解してくれる陽菜という親友もいるし、辛いときに話を聞いてくれる高田くんという友人も新しくできた。

本来とは違う場所でも、それが普通だと、そこが本来のわたしの居場所だと思えるぐらいに、わたしは大切にされてきたのだ。

「あっちゃんパパ、裕二お父さん」

「どうした、沙織」

「なにか気になることがあるの、沙織ちゃん」

あれほどのことがあったのに、二人はいつものように見守ってくれている。たとえどんなことが起きても、絶対に自分が父親だと言い切る。それぐらい覚悟している。

わたしは笑って首を振った。

「ううん。なんでもない」

言葉だけでは足りない。

わたしは二人になにを返すことができるだろうか。

そのとき、後ろから走ってきた小さな男の子が砂に足を取られて転んでしまった。

思わず駆け寄って助け起こす。

「大丈夫？」

幼稚園生ぐらいの男の子は泣きそうな顔で頷く。すみませーんと後ろから声がして、お母さんが走ってきた。すぐにしゃがんで話しかける。

「ほら、お姉ちゃんにありがとうは？」

「……ありがと」

「どういたしまして」

親子は手を繋いで笑いながら歩いていく。男の子は思い出したようにわたしを振り返って、手を振ってくれた。

なぜだか、幼い頃のわたしたち家族が重なって見えた。

心地よく海風が吹く。

「わたしも、お父さんたちみたいに誰かを守れる人になるよ」

小さなわたしの決意は、波の音に重なる。

きっと、これからの歩みが二人から受け取った想いを未来へと運んでくれるだろう。

突然できた妹は、
角&牙がある半妖!?

小学生の時に母を亡くし、父とふたりで暮らしてきた女子高生の杏菜。ところがある日、父親が小さな女の子を連れて帰ってきた。「実はその、この子は、おまえの妹なんだ」「くり子でしゅ。よろちく、おねがい、しましゅっ！」——突然現れた、半分血がつながった妹。しかも妹の頭には銀色の角が二本、口元には小さな牙があって……!?　これはちょっと複雑な事情を抱えた家族の、絆と愛の物語。

◉定価：726円（10%税込）　◉ISBN:978-4-434-32303-4　◉Illustration：鈴木次郎

この作品に対する皆様のご意見・ご感想をお待ちしております。

おハガキ・お手紙は以下の宛先にお送りください。

【宛先】

〒150-6008 東京都渋谷区恵比寿 4-20-3 恵比寿ｶﾞｰﾃﾞﾝﾌﾟﾚｲｽﾀﾜｰ 8F
（株）アルファポリス　書籍感想係

メールフォームでのご意見・ご感想は右のＱＲコードから、
あるいは以下のワードで検索をかけてください。

アルファポリス　書籍の感想　検索

ご感想はこちらから

アルファポリス文庫

ダブルファザーズ

白川《しらかわ》ちさと

2023年　11月　25日初版発行

編集－塙綾子
編集長－倉持真理
発行者－梶本雄介
発行所－株式会社アルファポリス
〒150-6008 東京都渋谷区恵比寿4-20-3恵比寿ｶﾞｰﾃﾞﾝﾌﾟﾚｲｽﾀﾜｰ8F
TEL 03-6277-1601（営業） 03-6277-1602（編集）
URL https://www.alphapolis.co.jp/
発売元－株式会社星雲社（共同出版社・流通責任出版社）
〒112-0005 東京都文京区水道1-3-30
TEL 03-3868-3275
装丁イラスト－丹地陽子
装丁デザイン－AFTERGLOW
印刷－中央精版印刷株式会社

価格はカバーに表示されてあります。

落丁乱丁の場合はアルファポリスまでご連絡ください。

送料は小社負担でお取り替えします。


ISBN978-4-434-32928-9　C0193